岩波文庫

31-071-1

田園の憂鬱

佐藤春夫作

岩波書店

目次

田園の憂鬱

或は　病《や》める薔薇《そうび》

I dwelt alone
In a world of moan,
And my soul was a stagnant tide.

Edger Allan Poe.

私は、呻吟《しんぎん》の世界で
ひとりで住んで居た。
私の霊《たましい》は澱《よど》み腐れた潮《うしお》であった。（1）

エドガア　アラン　ポオ

その家が、今、彼の目の前へ現れて来た。

初めのうちは、大変な元気で砂ぼこりを上げながら、主人の後になり前になりして、飛びまわり纏《まつ》わりついて居た彼の二疋《ひき》の犬が、ようよう柔順になって、彼のうしろに、二疋並んで、そろそろ随《つ》いて来るようになった頃である。高い木立の下を、路《みち》がぐっと大きく曲った時に、

「ああやっと来ましたよ。」

と言いながら、彼等《かれら》の案内者である赭毛《あかげ》の太っちょの女が、片手で日にやけた額から滴り落ちる汗を、汚れた手拭《てぬぐい》で拭いながら、別の片手では、彼等の行く手の方を指し示した。男のように太いその指の尖《さき》を伝《つと》うて、彼等の瞳の落ちたところには、黒っぽい深緑のなかに埋もれて、目眩《めまぐる》しいそわそわした夏の朝の光のなかで、鈍色《にびいろ》にどっしりと或る落着きをもって光って居るささやかな萱葺《かやぶき》の屋根があった。

それが彼のこの家を見た最初の機会であった。彼と彼の妻とは、その時、各各《おのおの》この草屋根の上にさまようて居た彼等の瞳を、互に相手のそれの上に向けて、瞳と瞳とで会話をした――

「いい家のような予覚がある。」

「ええ私もそう思うの。」

その草屋根を見つめながら歩いた。この家ならば、何日《いつ》か遠い以前にでも、夢にであるか、幻にであるか、それとも疾走する汽車の窓からででもあったか、何かで一度見たことがあるようにも彼は思った。その草屋根を焦点としての視野は、実際、何処《どこ》ででも見出されそうな、平凡な田舎の横顔であった。しかも、それが却《かえ》って今の彼の心をひきつけた。今の彼の憧れがそんなところにあったからである。そうして、彼がこの地方を自分の住家に択《えら》んだのも、またこの理由からに外《ほか》ならなかった。

広い武蔵野が既《すで》にその南端になって尽きるところ、それが漸《ようや》くに山国の地勢に入ろうとする変化――言わば山国からの微《かす》かな余情を湛《たた》えたエピロオグであり、やがて大きな野原への波打つプロロオグででもあるこれ等の小さな丘は、目のとどくかぎり、此処《ここ》にも其処《そこ》にも起伏して、それが形造るつまらぬ風景の間を縫うて、一筋の平坦な街道が東から西へ、また別の街道が北から南へ通じて居るあたりに、その道に沿うて一つの草深い農村があり、幾つかの卑下《へりくだ》った草屋根があった。それはTとYとHとの大きな都市をすぐ六、七里の隣にして、譬《たと》えば三つの劇《はげ》しい旋風《つむじかぜ》の境目に出来た真空のように、世紀からは置きっ放しにされ、世界からは忘れられ、文明からは押流されて、しょんぼりと置かれて居るのであった。

一《いっ》たい、彼が最初にこんな路の上で、限りなく楽しみ、また珍《めず》らしく心のくつろいだ自分自身を見出したのは、その同じ年の暮春の或る一日であった。こんな場所にこれほどの片田舎があることを知って、彼は先《ま》ず愕《おどろ》かされた。しかもその平静な四辺《あたり》の風物は彼に珍らしかった。ずっと南方の或る半島の突端に生れた彼は、荒い海と嶮《けわ》しい山とが激しく咬《か》み合《あ》って、その間で人間が微小にしかし賢明に生きて居る一小市街の傍を、大きな急流の川が、その上に筏《いかだ》を長々と浮べさせて押合いながら荒々しい海の方へ犇《ひしめ》き合《あ》って流れてゆく彼の故郷のクライマックスの多い戯曲的な風景にくらべて、この丘つづき、空と、雑木原と、田と、畑と、雲雀《ひばり》との村は、実に小さな散文詩であった。前者の自然は彼の峻厳な父であるとすれば、後者のそれは子に甘い彼の母であった。「帰れる放蕩息子《ほうとうむすこ》(2)」に自分自身をたとえた彼は、息苦しい都会の真中にあって、柔かに優しいそれ故に平凡な自然のなかへ、溶け込んで了《しま》いたいという切願を、可《か》なり久しい以前から持つようになって居た。おお！　そこにはクラシックのような平静な幸福と喜びとが、人を待って居るに違いない。Vanity of vanity, vanity, all is vanity!「空《くう》の空《くう》、空《くう》の空《くう》なる哉都《かなすべ》て空《くう》なり」(3)あるいはそうでないにしても……。いや、理窟は何もなかった。ただ都会のただ中では息が屛《つま》った。人間の重さで圧《お》しつぶされるのを感じた。其処《そこ》に置かれるには彼はあまりに鋭敏な機械だ、其処が彼をいやが上にも鋭敏にする。そればかりではない、周囲の騒がしい春が彼を一層孤独にした。「嗟《ああ》、こんな晩には、何処でもいい、しっとりとした草葺の田舎家のなかで、暗い赤いランプの陰で、手も足も思う存分に延ばして、前後も忘れる深い眠に陥入《おちい》って見たい」という心持が、華やかな白熱燈の下を、石甃《いしだたみ》の路の上を、疲れ切った流浪人のような足どりで歩いて居る彼の心のなかへ、切なく込上げて来ることが、まことに屢《しばしば》であった。「おお！　深い眠《ねむり》、おれはそれを知らなくなってからもう何年になるであろう？　深い眠！　それは言わば宗教的な法悦だ。おれの今最も欲しいのはそれだ。熟睡の法悦だ。即《すなわ》ち肉体がほんとうに生きている人の法悦だ。俺は先ずそれを求める。それのある処へ行こう。さあ早く行こう！」彼は自分自身の心のなかでそう呟《つぶや》いた。

あるいは、口に出してさえ呟いた。そうして矢も楯もたまらない、郷愁に似たような名づけようのない心が、その何処とも知れない場所へ、自分自身を連れて行けとせがむのであった……。(彼は老人のような理智と青年らしい感情と、それに子供ほどな意志とをもった青年であった。)

その家が、今、彼の目の前に現れて来たのである。

道の右手には、道に沿うて、一条の小渠《こみぞ》があった。道が大きく曲れば、渠《みぞ》もそれについて大きく曲った。そのなかを水は流れて行き流れて来るのであった。雑木山の裾や、柿の樹の傍や、厩《うまや》の横手や、藪《やぶ》の下や、桐畑《きりばたけ》や片隅にぽっかり大きな百合《ゆり》や葵《あおい》を咲かせた農家の庭の前などを通って。巾《はば》六尺ほどのこの渠は、事実は田へ水を引くための灌水《かんすい》であったけれども、遠い山間から来た川上の水を真直ぐに引いたものだけに、その美しさは渓《たにがわ》と言《い》い度《た》いような気がする。青葉を透して降りそそぐ日の光が、それを一層にそう思わせた。へどろの赭土《あかつち》を洒《さら》して、洒し尽して何の濁りも立てずに、浅く走って行く水は、時々ものに堰《せ》かれて、ぎらりぎらりと柄になく大きく光ったり、そうかと思うと縮緬《ちりめん》の皺《しわ》のように繊細に、あるいは或る小さなぴくぴくする痙攣《けいれん》の発作のように光ったりするのであった。あるいは、その小さな閃《ひらめ》きが魚の鱗のように重《かさな》り合って居るところもあった。涼しい風が低く吹いて水の面《おもて》を滑る時には、其処《そこ》は細長い瞬間的な銀箔《ぎんぱく》であった。薄《すすき》だの、もう夙《とっ》くにあの情人にものを訴えるようなセンチメンタルな白い小さい花を失った野茨《のいばら》の一かたまりの藪《くさむら》だの、その外、名もないしかしそれぞれの花や実を持つ草や灌木が、渠《みぞ》の両側から茂り合いかぶさりかかると、水はそれらの草のトンネルをくぐった。そうしてその影を黒く涼しく浮べては、ゆらゆらと流れ去った。或る時には、水はゆったりと流れ淀《よど》んだ。それは旅人が自分の来た方をふりかえって佇《たたず》むのに似て居た。そんな時には土耳古玉《トルコだま》のような夏の午前の空を、土耳古玉色に——あるいは側面から透《すか》して見た玻璃板《がらすいた》の色に、映して居るのであった。快活な蜻蛉《とんぼ》は流れと微風とに逆行して、水の面とすれすれに身軽く滑走し、時時その尾を水にひたして卵を其処に産みつけて居た。その蜻蛉は微風に乗って、しばらくの間は彼等と同じ方向へ彼等と同じほどの速さで一行を追うように従うて居たが、何かの拍子についと空ざまに高く舞い上った。彼は水を見、また空を見た。その蜻蛉を呼びかけて祝福したいような子供らしい気軽さが、自分の心に湧き出るのを彼は知った。そうしてこの楽しい流れが、あの家の前を流れて居るであろうことを想うのが、彼にはうれしかった。

劇《はげ》しい暑さは苦しい、楽しい、と表現しようとして木の葉の一枚一枚が宝玉の一断面のように輝くと、それらの下から蟬は焼かれて居るように呻《うめ》いた。灼《や》けた太陽は、空の真中近く昇って来て居た。しかし、彼の妻は、暑さをさほどには感じなかった。しかし、彼の妻から暑さを防いだものは、その頭の上の紫陽花《あじさい》色に紫陽花の刺繡のあるパラソル――貧しい婦《おんな》の天蓋《てんがい》――ではなかった。それは彼《か》の女の物思いであった。彼の女は今歩きながら考え耽《ふけ》って居る、暑さを身に感じる閑《ひま》もないほど。彼の女は考えた――そうすれば今間借りをして居る寺のあの西日のくゎっと射し込む一室から涼しいところへ脱《のが》れられる。それよりもあの下卑た俗悪な慾張りの口うるさい梵妻《だいこく》の近くから脱れられる。そうして、静に、涼しく、二人は二人して、言いたい事だけは言い、言いたくない事は一切言わずに暮したい住みたい。そうすれば、風のように捕捉し難い海のように敏感すぎるこの人の心持も気分も少しは落着くことであろう。あれほどの意気込みで田舎を憧れて来ながら、僅《わずか》ながらもわざわざ買って貰った自分の畑の地面をどう利用しようなどと考えて居るでも無く（それはもとよりそうであろうとは思ったけれども）それよりも本一行見るではなく字一字書こうとするでもなく、何一つ手にはつかぬらしい。そうしてもしそんな事でも言い出せばきっと吐鳴《どな》りつけるにきまって居る、それでなくてさえも、もう全然駄目なものと見放されて居る――わけて自分との早婚すぎる無理な結婚の以後は、殊《こと》にそう思われて居るらしい父母への心づかいもなく、ただうかうかと――ではないとあの人自身では言っても、とにかくうかうかと、その日その日の夢を見て暮して居るのである。何時《いつ》、建てるものとも的《あて》のない家の図面の、しかも実用的というような分子などは一つも無いものを何枚も何十枚も、それは細かく細かく描いて居るかと思うと、不意に庭へ飛び出して、犬の真似をして犬と一緒になって、燃えて居る草いきれの草原を這ったり転げまわったり、そうかと思うと突然破れるような大声で笑い出したり叫び出したりするこの人は、ほんとうに何か非常に寂しいのであろう。何事も自分には話してくれはしないから解《わか》る筈《はず》もない。何か自分には隠して居るのではなかろうか……。彼の女は、五、六日前に読《よ》み了《おわ》った藤村の「春」(4)を思い出した。単純な彼の女の頭には、自分の夫の天分を疑《うたご》うて見ることなどは知らずに、自分の夫のことをその小説のなかの一人が、自分の目の前へ――生活の隣りへ、その本のなかから抜け出して来たかのようにも思って見た。……あれほど深い自信のあるらしい芸術上の仕事などは忘れて、放擲《ほうてき》して、ほんとうにこの田舎で一生を朽ちさせるつもりであろうか。この人は、まあ何という不思議な夢を見たがるのであろう……。それにしても、この人は、他人に対しては、それは親切に、優しく調子よくしながら、何故《なぜ》こうまで私には気難《きむず》かしいのであろう。もしや、あの人のある女に対する前の恋がまだ褪《あ》せきらない間に、私はあの人の胸のなかへ這入《はい》って行って、そのためにあの人はしばらくはあの女を忘れては居たけれども、根強く残って居たあの恋が何時《いつ》の間《ま》にか再び自分をのけものにしてまた芽を出したのではなかろうか。そうして私には辛くあたる……。今のままでは、さぞかし当人も苦しいであろうが、第一そばに居るものがたまらない。返事が気に入らないといっては転ぶほど突きとばされたり、打たれたり、何が気に入らないのか二日も三日も一言も口を利《き》こうとはしなかったり……。あの人はきっと自分との結婚を悔いて居るのだ。少くとももし自分とではなく、あの女と一緒に住んで居たならばどんなに幸福だったろうかと、時時、考えるに違いない。考えるばかりではない、現に、自分にむかってそう言ったことさえある――「あの時、おれがあの女、あの純潔な素直な娘と一緒になれさえしたならば、あの人が私をよく統一して、おれは今ごろ、いろいろな意味でもっと美しいもっと善い生活が出来て居ただろうに」と……。実際あの女は、自分も知って居るけれども、自分などよりはもっと美しく、もっと優しい。私はあの人があの女をどんなに深く思って居るかはよく知って居る……いや、いや、そうではない。あの人はやっぱり彼《あ》の人自身で何か別のことを考え込んで居るのである……そうだ、夫は、「ただ、私をそっとして置いてくれ」と言った……

ふと、

「俺には優しい感情がないのではない。俺はただそれを言い現すのが恥しいのだ。俺はそういう性分に生れついたのだ。」

彼の女は、昨夜、いつになく打解けて彼が語った時、彼の女にむかって言った彼の女の夫の言葉を思い出すと、その言葉を反芻《はんすう》しながら歩いた。そうして未《ま》だ見たことのない家の間どりなどを考えた。たとい新婚の夢からはとっくに覚めたころであっても、こんな暑さの下ででも、ただ単に転居するというだけの動機で心持がふだんよりもずっと活き活きとして来て、こんなことを考えて悲しんだり、喜んだり、慰んだりすることの出来るのは、まだ世の中を少しも知らない幼妻《おさなづま》の特権であったからだ。そうしてそれがまた、あの案内の女が、喋《しゃべ》りつづけに喋って居るその家の由来に就《つい》て、何の興味も持たぬらしく、ただ無愛想に空返事《そらへんじ》を与えて居るに過ぎなかった所以《ゆえん》ででもある。――この案内の女は、その長い暑苦しい道の始終を、ながながと喋りつづけて休まなかった。この女は自分の興味をもって居るほどの事なら、他の何人《なんびと》にとっても、非常に面白いのが当然だと信じて居る単純な人人の一人であったから。

こんな道を、彼等は一里近くも歩いた。

そうしてその家は、もう、彼等一同の目の前に来ていた。

家の前には、果して渠《みぞ》が流れて居た。一つの小さな土橋が、茂るがままの雑草のなかに一筋細く人の歩んだあとを残して、それの上を歩く人人に、あの幅一間《けん》あまりの渠を越させて、人人をその家の入口へ導く。

入口の左手には大きな柿の樹があった。そうして奥の方にもあった。それらの樹の自由自在にうねり曲った太い枝は、見上げた者の目に、「私は永い間ここに立って居る。もう実を結ぶことも少くなった」とその身の上を告げて居るのであった。その老いた幹には、大きな枝の脇の下に寄生木《やどりぎ》が生えて居た。その樹に対して右手には、その屋敷とそれの地つづきである桐畑とを区限《くぎ》って細い溝があった。何の水であろう、水が涸れて細く——その細い溝の一部分をなお細く流れて男帯よりももっと細く、水はちょろちょろ喘《あえ》ぎ喘《あえ》ぎに通《かよ》うて居た。じめじめとした場所を、一面に空色の花の月草が生え茂って居た。また子供たちが「こんぺとう」と呼んで居るその菓子の形をした仄赤《ほのあか》く白い小さな花や、また「赤まんま」と子供たちに呼ばれて居る草花なども、その月草に雑《まじ》って一帯に蔓《はびこ》って居た。それはなつかしい幼な心をよびさます叢《くさむら》であった。昼間は螢の宿であろう小草のなかから、葉には白い竪《たて》の縞《しま》が鮮《あざやか》に染め出された蘆《あし》が、すらりと、十五、六本もひとところに集って、爽やかな長いそのうえ幅広な葉を風にそよがせて、ざわざわと音をたてて居るのであった。屋敷の奥の方から流れ出て来た水は、それらの小草の、茎をくぐってそれらの蘆の短い節節を洗いきよめながら、うねりうねって、解きほぐした絹糸の束のようにつやつやしく、なよやかに揺れながら流れた。そうして、か細く長長しい或る草の葉を、生えたままで流し倒して、その草のために一時動流することをさえぎられたそれらのささやかな水は、その草の葉を伝うて、より大きな道ばたの渠のなかへ、水時計の水のようにぽたりぽたりと落ち濺《そそ》いで居た。彼にはこの家の屋後《おくご》に、湧き立つ小さな清新な泉がありそうにも感ぜられた——そういう地勢ででもあったから。

家の背後は山つづきで竹藪になって居た。竹のなかには素晴しく大きな丈の高い椿が、この清楚《せいそ》な竹藪のなかの異端者のように、重苦しく立って居た。屋敷の庭は丈の高い——人間の背丈《せた》けよりも高くなった榊《さかき》の生垣《いけがき》で取り囲まれてあった。家全体は、指顧《しこ》の遠さで見た時にそうであった如く、目の前に置かれて見ても、茂るにまかせた樹樹《きぎ》の枝のなかに埋められて、茂るにまかせた草の上に置かれてあった。

犬は一疋ずつ土橋の側から下りて行って、灌水《かんすい》の水を交交《こもごも》に味《あじお》うた。

彼はその土橋を渡ろうともせずに、「三径就荒《さんけいこうにつきいて》(5)」と口吟《くちずさ》みたいこの家を、思いやり深そうにしばらく眺めた。

「ねえ、いいじゃないか、入口の気持が。」

彼はこの家の周囲から閑居とか隠棲《いんせい》とかいう心持に相応した或る情趣を、幾つか拾い出し得てから、妻にむかってこう言った。

「そうね。でも随分荒れて居ること。家のなかへ這入《はい》って見なければ……」

彼の妻は少々不安そうに、またさかしげに、気まぐれな夫をたしなめる時にすべての妻がする口調をもってそう答えた。しかし、すぐ思いかえして、

「でも、今のお寺に居ることを思えば、何処《どこ》だっていいわ。」

今飲んだ水から急に元気を得た二疋の犬は、主人達よりも一足さきに庭のなかへ跳《おど》り込《こ》んだ。松の樹の根元の濃い樹《こ》かげを択《えら》んだ二疋の犬どもは、わがもの顔に土の上へ長長と身を横《よこた》えた。彼等は顔を突き出して、下顎《したあご》から喉首《のどくび》のところを地面にべった

りと押しつけ、両方から同じ形に顔を並べ合った。そうして全く同じような様子に体を曲げて、後脚《あとあし》を投げ出した様子は、まことに愛らしいシンメトリイであった。赤い舌を垂れて、苦しげな息を吐き出しながら、庭に入って来た彼等の主人達の顔を無邪気な上眼で眺めて、静かに楽しそうに尾を動かして見せた。いかにも落着いたらしいその姿は、此処《ここ》はもう自分たちの家だという事を、彼等の主人たちよりさきに十分に予覚して居るらしいようにも、彼には見られるのであった。もしこの時、妻が彼のそばに居たならば彼は妻にこう言ったろう――

「ね、フラテもレオも(二つとも犬の名)賛成しているよ。」

けれども彼の妻は、案内の女と一緒にその縁側の永い間閉《とざ》されて居た戸を開けようとして、鍵で鍵穴をがたがた言わせて居る。

樹という樹は茂りに茂って、緑は幾重にも積《つ》み重《かさな》った。錯雑した枝と枝とは網の目になり壁になり軒になって、庭はほとんど日かげもさし込まなかった。土の匂は黒い地面から、冷冷《ひやびや》と湧いて来た。彼は足もとから立ちのぼるその土の匂を、香《こう》を匂う人のように官能を尖《とが》らかせて沁《し》み沁《じ》みと味うて見た――じゃらじゃらと涼しく音を立てて居た鍵束の音がやまって、縁側の戸が開けられるまで。

＊　　＊　　＊　　＊　　＊

「やっと、家らしくなった。」

昨日、門前で洗い浄《きよ》めた障子を、彼の妻は不慣れな手つきで張ったのである。最後の一枚を張《は》り了《おわ》った時、それを茶の間と中の間のあいだの敷居へ納めようとして立って居る夫の後姿を見やりながら、妻は満足に輝いてそう言った。

「やっと家らしくなった。」彼《か》の女は同じ事を重ねて言った。「畳は直《す》ぐかえに来るというし……。でも、私はほんとうに厭《いや》だったわ、おとつい初めてこの家を見た時にはねえ。こんな家に人間が住めるかと思って。」

「でも、まさか狐狸《こり》の住家ではあるまい。」

「でもまるで浅茅《あさじ》が宿よ。(6)でなけゃ、こおろぎの家よ。あの時、畳の上一面にぴょんぴょん逃げまわったこおろぎはまあどうでしょう。恐しいほどでしたわ。」

「浅茅が宿か、浅茅が宿はよかったね。……おい、以後この家を雨月草舎《うげつそうしゃ》と呼ぼうじゃないか。」

（彼等二人は——妻は夫の感化を受けて、上田秋成を讃美して居た。）

夫の愉快げな笑い顔を、久しぶりに見た妻はうれしかった。

「そこで、今度は井戸換えですよ、これが大変ね。一年もまるで汲まないというのですもの、水だって大《たい》がい腐りますわねえ。」

「腐るとも、毎日汲み上げて居なければ。己《おれ》の頭のように腐る。」

この言葉に、「またか」と思った妻は、今までのはしゃいだ調子を忘れておずおずと夫の顔を見上げた。しかし夫の今日の言葉はただ口のさきだけであったと見えて、その骨ばった顔にはもとのままの笑があった。それほど彼は機嫌がよかったのである。それを見て安心した妻は甘えるように言い足した。

「それに、庭を何とかして下さらなけゃあ。こんな陰気なのはいや！」

疲れて壁にもたれかかった妻の膝には、彼と彼の女との愛猫が、しなやかにしのび寄ってのっそりと上って居るところであった。

「青（猫の名）や。お前は暑苦しいねえ。」

と言いながらも、妻はその猫を抱き上げて居るのである。彼の家庭には犬が居る。猫が居る。一たん愛するとなると、程度を忘れて溺愛せずには居られない彼の性質が、やがて彼等の家庭の習慣になって、彼も彼の妻も人に物言うように、犬と猫とに言いかけるのが常であった……。

＊　　＊　　＊　　＊　　＊　　＊

彼等夫婦がこの家に住むようになった日から、遡《さかのぼ》って数年の前である――

この村で一番と言われて居る豪家《ごうか》N家の老主人は、年をとって、ひどく人生の寂寥《せきりょう》を感じ出した。普通、人にとってこういう時に最も必要なものは、老いと若きとを問わず異性であった。そうしてこの老人は、都会から一人の若い女を連れて来た。この豪家は、この風流人の代にその田の半分を無くしたのだけれども、流石《さすが》に老人の考えは金持らしいものであった――ただ美しいだけで、何の能もないような女はつれて来なかった。少し位は醜くとも、年さえ若ければ我慢するとして、村の為《た》めにもなり、それよりも自分の経済の為めにもなるような女を択んだのであった。一口に言えば、彼は、今までは村に無くて不自由をして居た産婆《さんば》を副業にする妾《めかけ》を蓄えたのだ。それから自分の家の離れ座敷をとり外《はず》して、彼の屋敷からはすぐ下に当るところへ、それを建て直した。冬には朝から夕方まで日が当るような方角を考えて、四間《けん》の長さをつづく縁があった。玄関の三畳を抜けて、六畳の茶の間には炉を切らせた。黒柿《くろがき》の床柱と、座敷の欄間に篏込《はめこ》んだ麻の葉つなぎの桟《さん》のある障子の細工の細かさは、村人の目をそば立たせた。さすがはうちの山から一本択《よ》りに択って伐《き》り出した柱だ、目ざわりな節一つない、と大工はその中古《ちゅうぶる》の柱を愛撫しながら自分のもののように褒めた。そうして農家の神々《こうごう》しいほど広い土間のある、太い棟《むね》や梁《はり》の真黒く煤《すす》けた台所とは変って、その家には、板をしきつめた台所に、白足袋を穿《は》いて、ぞろぞろ衣服の裾を引曳《ひきず》った女が、そこで立働くようになった。老人は、その家督を四十幾つかになった自分の長男に譲った。さてこの老人は幸福であった。村の人人は、自分の年の半分にも足らぬ若さの茶呑友達を得た隠居に就《つい》てかげ口を利いた。しかし、そんな事位は隠居の幸福を傷《きずつ》けはしなかった。

けれども、しかしすべての平和と幸福とは、短い人生の中にあって最も短い。それはちょうど、秋の日の障子の日向《ひなた》の上にふと影を落す鳥かげのようである。つと来てはつと消え去る。そうして鳥かげを見た刹那《せつな》に不思議なさびしさが湧く。老人のこれ等の平和の日も束の間であった。

若い妾《めかけ》は、程なく、都会から一人の若い男を誘うて来た。村の人人は、この若い男を「番頭さん」「お産婆《さんば》の番頭さん」と呼んだ。村の人人は産婆には、果して「番頭さん」が入用なものかどうかを知らなかった。そうしてこの隠居は、自分の若い妾が、自分には無断で、若い「番頭さん」を雇入《やといい》れた事に就て不満であった。非常に不満であった。第一にこの若い男女の生活は田舎の人人の目には贅沢すぎた。隠居の予算とは少し違いすぎた。隠居は彼等《かれら》がもっとつつましやかであり得ると考え初めた。その事を彼の妾に度度《たびたび》言いつけた。初めは遠まわしに遠慮勝ちに。しかしだんだん思い切って言うようになった。或る夜には夜中《やちゅう》言い募ることがあった。「番頭さん」は多分これ等の対話を壁一重に聞いただろう。或るそんな夜の後の日に――彼の女が初めて村へ来てから一年ばかりの後、若い「番頭さん」を若い妾が「雇入れ」てから半年ほどの後、或る夕方、彼等二人の男女の姿は、突然この村から消えた。夕方に村の方から帰って来た馬方は、山路の夕闇のなかで、くっきりと浮上って白い丸い頬《ほお》が目についたので、よく見ると「Nさんのお産婆」だった、とその次の朝村の人人に告げた。しかし、これは多分、この男が実際にこれを見たわけではなく、彼等が居なくなったと聞いた時に、思いついた嘘であったかも知れない。でなければ彼は帰って来ると直《す》ぐその事を、珍らしげに、手柄顔に言うべき筈《はず》だからである。人はこんな時に、ちょっとこんな事を言って見たいような一種の芸術的本能を、誰しも多少持って居るものである。――それはどうでもいいとして、この話は、話題に饑《う》えて居る田舎の人人を喜ばせた、当分の間。そうして二十八の女には、七十に近いあの隠居よりは、二十四、五の若者の方が、よく釣合うべき筈だったというのが、村の輿論《よろん》であった。痛ましいのは、若い妾に逃げられたこの隠居が、その後、植木の道楽に没頭し出した事である。

彼は花の咲く木を庭へ集め出した。今日はあの木をこちらに植え変え、昨日は別の庭からこの木を自分の庭にうつした。そうして明日は何かよい木を捜し出さねばと、毎日毎日、土いじりに寧日《ねいじつ》がなかった。春には牡丹があった。夏には朝顔があった。秋には菊があった。冬には水仙があった。そうして、彼の逃げて仕舞った妻の代りに、二人の十と七つとの孫娘を、自分の左右に眠らせた牀《とこ》のなかで、この花つくりの翁《おきな》は眠り難かった。彼は月並の俳諧に耽《ふけ》り出した。

隠居は死んだ、それから丁度一年経《た》った後に。彼は、こうして集めた花の木のそれぞれの花を僅かばかり楽しんだばかりであった。そうしてその家は、彼の末の娘と共に村の小学校長のものになった。村の校長はこの隠居の養子だったからである。すると抜目のない植木屋があって、算術の四則には長《た》けて居り、それを実の算盤《そろばん》に応用することにも巧《たくみ》ではあったけれども、美に就ては如何なる種類のそれにも一向無頓着《むとんじゃく》な、当主の小学校長をたぶらかして、目ぼしい庭の飾りは皆引抜いて行った。大木の白木《しろもく》蓮《れん》、玉椿《たまつばき》、槙《まき》、秋海棠《しゅうかいどう》、黒竹《くろたけ》、枝垂《しだ》れ桜《ざくら》、大きな花柘榴《はなざくろ》、梅、夾竹桃《きょうちくとう》、いろいろな種類の蘭《らん》の鉢。そうしてそれ等の不幸な木はかくも忙しくその居所を変えなければならなかった。土に慣れ親しむ暇《いとま》もなかった。こうしてそれ等のうちの或《ある》ものは、為めに枯れたかも知れない。

小学校長は、ちょうど新築の出来上った校舎の一部へ住んだ。自分の貰ったこの家は空家《あきや》にして置いた。そうして居るうちにこの家を借り手があれば貸したいと考え出した。住む人が無ければ、家は荒廃するばかりである。たとい二円でも一円五十銭でも、家賃をとって損になることはない、と校長先生の考《かんがえ》は極《ご》く明瞭である。ところが、田舎では大抵の人は自分自身の家を持って居る。たとい軒端がくずれて、朽ち腐った藁屋根にむっくりと青苔《あおごけ》が生えて居るような破家《あばらや》なりとも、親から子に伝え子から孫に伝える自分の家を持って居た。どんな立派な家にしろ、借屋をして住まねばならないような百姓は、最後の最後に自分の屋敷を抵当流れにしてしまった最も貧しい人人に決って居た。かくて、あの隠居が愛する女のために、また自分の老後の楽しみにと建てたこの家は実に貧しい貧しい百姓の家に化してしまったのである。隠居が茶の間の茶釜をかけた炉には、大きないぶり勝ちな松薪《まつまき》が、めちゃに投込まれて、その煙は田舎家には無駄な天井に邪魔されて、家から外へ抜けて行く路もなかった。そうして部屋を形造った壁、障子、天井、畳は直ぐに煤《すす》びて来た。気の毒な百姓の一家は立籠《たてこも》った煙などを苦にしては居られない。反《かえ》ってそれから来る温《あたたか》さに感謝して、秋の、冬の長い夜な夜なを、縄を綯《の》うたり、草鞋《わらじ》を編んだりして、夜を更かさねばならなかった。屋賃は四月目《つき》五月目《つき》位から滞り出した。畳はすり切れた。柱へはいろいろな場合のいろいろな痕跡がいろいろの形に刻みつけられた。「せめては下肥《しもごえ》位はたまるだろう」と校長先生が考えたにも拘《かか》わらず、校長先生の作男が下肥を汲みに行く朝は、其《そ》処《こ》は何時《いつ》もからっぽだった。何となれば家の借り手の貧しい百姓が、自分の借りて居る畑へそれを運んでしまった後であったから。校長先生はひどくこの借家人を悪く思い初めた。会うほどの人には誰彼となく、貧乏な百姓の狡猾《こうかつ》を罵り、訴えた。そうして「どうせ貧乏する位の奴は、義理も何も心得ぬ狡猾漢だ」という結論を与え去った。

外《ほか》の村人は、直ぐ校長先生の意見に賛同の意を示した。そこで校長先生は自分の論理が真理として確立されたのを感じ出した。次には、こんな男に家を貸して置くよりも、むしろ荒れるにまかせて置いた方がどれほどよいか解《わか》らないと思い出した。何故《なぜ》かというに、この男に家を貸すことは、積極的に荒廃させることである、反って、空家として打捨てて置くことはその消極的な方法である。そうしてこの借屋人は逐《お》い立《た》てられた。村の人人は校長先生の態度は合理的だと考えた。

これらの間——あの隠居が亡くなってから後は、その庭の草や木のことを考えるような人は、ひとりもなかった。家と庭とは荒れに荒れた。ただ一人、あの貧乏な百姓の小娘が、隠居が在世の折に植えられたままで、今は草の間に野生のようになって、年年に葉が哀れになり、茎がくねって行く菊畑の黄菊白菊の小さな花を、秋の朝毎《ごと》に見出しては、ちぢくれた髪のかんざしにと折りとった……

……彼は縁側に立って、庭をながめながら、あの案内者であった太っちょの女が、道道語りつづけた話のうちに、彼一流の空想を雑《まじ》えて、ぼんやり考えるともなく考え、思うともなくそんなことを思うて居た。

「フラテ、フラテ、」裏の縁側の方では、彼の妻の声がして、犬を呼んで居る。「おおよしよし、レオも来たのかい。おお可愛いね。何も上げるのじゃなかったのだよ。フラテや、お前はね、今のようにあんな草ばかりのところで遊ぶのじゃありませんよ。蝮《まむし》が居ますよ。そらこの間のように、鼻の頭を咬《か》まれて、喉《のど》が腫《は》れ上《あが》って、お寺の和尚《おしょう》さんのようにこんな大きな顔になって来ると、ほんとうに心配じゃないか。いいかい。フラテはもうこの間で懲りたから解ったわね。レオや、お前は気をおつけよ。お前の方はおとなしいから大丈夫だね……」彼の妻は牧歌を歌う娘のような声と心持とで、自分の養子である二疋の犬に物云うて居る。そうして涼しい竹藪の風は、そこから彼の立って居る方へ抜けて通りすぎた。

*　　*　　*　　*　　*

真夏の廃園は茂るがままであった。

すべての樹は、土の中ふかく出来るだけ根を張って、そこから土の力を汲み上げ、葉を彼等の体中一面に着けて、太陽の光を思う存分に吸い込んで居るのであった——松は松として生き、桜は桜として、槙《まき》は槙として生きた。出来るだけ多く太陽の光を浴びて、己を大きくするために、彼等は枝を突き延した。互に各《おのおの》の意志を遂げて居る間に、各の枝は重り合い、ぶっつかり合い、絡み合い、犇《ひしめ》き合った。自分達ばかりが、太陽の寵遇《ちょうぐう》を得るためには、他の何物をも顧慮しては居られなかった。そうして、日光を享《う》けることの出来なくなった枝は日に日に細って行った。一本の小さな松は、杉の下で赤く枯れて居た。榊《さかき》の生垣は背丈《せた》けが不揃いになって、その一列になった頭の線が不恰好にうねって居る。それは日のあたるところだけが生い茂り丈が延びて、諸《もろもろ》の大きな樹の下に覆われて日蔭になった部分は、落凹《おちくぼ》んで了《しま》ったからであった。また、それの或る部分は葉を生かすことが出来なくなって、あたかも城壁の覗《のぞ》き窓《まど》ほどの穴が、ぽっかりと開いて居るところもあった。或る部分は分厚《ぶあつ》に葉が重り合ってまるく団《かたま》って繁って居るところもあった。或る箇所は全く中断されて居るのである。というのは、丁度その生垣に沿うて植えられた大樹の松に覆い隠されて、それぱかりか、垣根の真中から不意に生い出して来た野生の藤蔓《ふじづる》が、人間の拇指《おやゆび》よりももっと太い蔓になって、生垣を突分け、その大樹の松の幹を、あたかも虜《とりこ》を捕えた綱のように、ぐるぐる巻きに巻きながら攀《よ》じ登《のぼ》って、その見上げるばかりの梢《こずえ》の梢まで登り尽して、それでまだ満足出来ないと見える――その巻蔓《まきづる》は、空の方へ、身を悶えながらもの狂《ぐるわ》しい指のように、何もないものを捉えようとしてあせり立って居るのであった。その巻蔓のうちの一つは松の隣りのその松よりも一際高い桜の木へ這い渡って、仲間のどれよりも迥《はるか》に高く、空に向って延びて居た。また、庭の別の一隅では、梅の新《あた》らしい枝が直立して長く高く、譬えば天を刺貫こうとする槍のように突立《つった》って居るのであった。曾《かつ》ては菊畑であった軟かい土には、根強く蔓《はびこ》った雑草があった。それは何処《どこ》か竹に似た形と性質とを持った強そうな草であった。それの硬い茎と葉とは土の表面を網目に編みながら這《ほ》うて、自分の領土を確実にするためにその節のあるところから一一《いちいち》根を下して、八方へ拡がって居た。試《こころみ》にその一部分をとって、根引にしようとすると、その房々した無数の細い根は黒い砂まじりの土を、丁度人間が手でつかみ上げるほどずつ持上げて来る。これが彼等の生きようとする意志である。また、「夏」の万物に命ずる燃ゆるような姿である。かく繁《しげ》りに茂った枝と葉とを持った雑多な草木は、庭全体として言えば、丁度、狂人の鉛色な額に垂れかかった放埓《ほうらつ》な髪の毛を見るように陰鬱であった。それ等の草木は或る不可見な重量をもって、さほど広くない庭を上から圧し、その中央にある建物を周囲から遠巻きして押迫って来るようにも感じられた。

しかし、凄《すご》く恐ろしい感じを彼に与えたものは、自然の持って居るこの暴力的な意志ではなかった。反《かえ》って、この混乱のなかに絶え絶えになって残って居る人工の一縷《いちる》の典雅であった。それは或る意志の幽霊である。あの抜目のない植木屋が、この廃園からほとんどその全部を奪い去ったとは言え、今に未《ま》だ遺されて居るもののなかにも、確に、故人の花つくりの翁の道楽を偲ばずには置かないものが一つならず目につくのである。自然の力も、未だそれを全く匿《かく》し去《さ》ることは出来なかった。例えば、もとはこんもりと棗形《なつめなり》に刈り込まれてあろうと思える白斑《しらふ》入りの羅漢柏《あすなろう》である。それは門から玄関への途中にある。それからまた、座敷から厠《かわや》を隠した山茶花《さざんか》がある。それの下かげの沈丁花《じんちょうげ》がある。鉢をふせたような形に造った霧島躑躅《きりしまつつじ》の幾株かがある。大きな葉が暑さのために萎《しお》れ、その蔭に大輪の花が枯《か》れ萎《しな》びて居る年経た紫陽花《あじさい》がある。それらのものは巨人が劇怒《げきど》に任せて投げつけたような乱雑な庭のところどころにあって、白木蓮《しろもくれん》、沈丁花、玉椿《たまつばき》、秋海棠《しゅうかいどう》、梅、芙蓉、古木の高野槙《こうやまき》、山茶花、萩《はぎ》、蘭《らん》の鉢、大きな自然石、むくむくと盛上った青苔、枝垂桜《しだれざくら》、黒竹《くろたけ》、常夏《とこなつ》、花柘榴《はなざくろ》の大木、それに水の近くには鳶尾《いちはつ》、その他のものが、程よく按排《あんばい》され、人の手で愛まれて居たその当時の夢を、北方の蛮人よりももっと乱暴な自然の蹂躙《じゅうりん》に任されて顧る人とてもない今日に、その夢を未だ見果てずに居るかと思えるのである。また仮りに、庭の何処の隅にもそんなものの一株もなかったとしたところが、門口にかぶさりかかった一幹《ひともと》の松の枝ぶりからでも、それが今日でこそ徒《いたず》らに硬《かた》く太く長い針の葉をぎっしりと身に着けて居ながらも、曾ては人の手が、懇《ねんご》ろにその枝を労《いた》わり葉を揃え、幹を撫でたものであったことは、誰も容易に承認するのであろう。実は、それの持主である小学校長は、この次にはその松を売ろうと考えて、この松だけはこん度の貸家人が植木屋を呼ぶときには、根まわりもさせ鬼葉《おにば》もとらせて置こうと思って居るのであった。

故人の遺志を、偉大なそれであるからして時には残忍にも思える自然と運命との力が、どんな風にぐんぐん破壊し去ったかを見よ。それ等の遺された木は、庭は、自然の潑溂《はつらつ》たる野蛮な力でもなく、また人工のアアティフィシャルな形式でもなかった。反って、この両様の無雑作な不統一な混合であった。そうしてそのなかには醜さというよりもむしろ故もなく凄然《せいぜん》たるものがあった。この家の新らしい主人は、木の影に佇《たたず》んで、この廃園の夏に見入った。さて何かに怯《おびや》かされているのを感じた。瞬間的な或る恐怖がふと彼の裡《うち》に過ぎたように思う。さてそれが何であったかは彼自身でも知らない。それを捉える間《ひま》もないほどそれは速かに閃《ひらめ》き過ぎたからである。けれどもそれが不思議にも、精神的というよりもむしろ官能的な、動物の抱くであろうような恐怖であったと思えた。

彼は、その日、しばらく、新らしい住家のこの凄まじく哀れな庭の中を木かげを伝うて、歩き廻って見た。

家の側面にある白樫《しらがし》の下には、蟻が、黒い長い一列になって進軍して居るのであった。彼等の或《ある》ものは大きな家宝である食糧を担《かつ》いで居た。少し大きな形の蟻がそこらにまくばられて居て、彼等に命令して居るようにも見える。彼等は出会うときには、会釈をするように、あるいは噂をし合うように、あるいは言伝《ことづて》を託《たく》して居るように両方から立停《たちどま》って頭をつき合せて居る。これはよくある蟻の転宅であった。彼は蹲《うずく》まって、小さい隊商を凝視した。そうしてしばらくの間、彼は彼等から子供らしい楽《たのしみ》を得させられた。永い年月の間、こういうものを見なかった事や、もし目に入ったにしても見ようともしなかったであろう事に、彼は初めて気づいた。そう言えば、幼年の日以来――あの頃は、外《ほか》の子供一倍そんなものを楽《たのし》み耽《ふけ》って居たにも拘《かかわ》らず、その思い出さえも忘れて居た――落ちついて、月を仰いだこともなければ、鳥を見たこともなかった。そんな事に気附いた事が、彼を妙に悲しく、また喜ばしくした。そういう心を抱きながら其処《そこ》から立上って、歩み出そうとすると、ふと目に入ったのは、その白樫の幹に道化た態《なり》をして、牙のような形《かたち》の大きな前足をそこへ突立てて噛《かじ》りついて居る蟬の脱殻《ぬけがら》であった。それは背中のまんなかからぱっくり裂けた、赤くぴかぴかした小さな鎧《よろい》であった。なおその幹をよく見て居ると、その脱殻から三、四寸ほど上のところに、一疋の蟬が凝乎《じっ》として居るのを発見することが出来た。それは人のけはいに驚く風もないのは無理もない。その蟬は今生れたばかりだという事は一目に解った。それはまだ極く軟かで体も固まっては居ないのである。この虫はこうして身動《みじろ》ぎもせず凝乎《じっ》としたまま、今、静かに空気の神秘にふれて居るのであった。その軟かな未だ完成しない羽は全体は乳色で、言うばかりなく可憐で、痛痛しく、小さくちぢかんで居た。ただそれの緑色の筋ばかりがひどく目立った。それは爽やかな快活なみどり色で、彼の聯想《れんそう》は白く割れた種子《たね》を裂開《さきひら》いて突出した豆の双葉の芽を、ありありと思い浮べさせた。それはただにその色ばかりではなく、羽全体が植物の芽生《めばえ》に髣髴《ほうふつ》して居た。生れ出すものには、虫と草との相違はありながら、或る共通な、或る姿がその中に啓示されて居るのを彼は見た。自然そのものには何の法則もないかも知れぬ。けれども少くもそれから、人はそれぞれの法則を、自分の好きなように看取することが出来るのであった。なお熟視すると、この虫の平たい頭の丁度真中あたりに、極く微小な、紅玉色で、それよりももっと燦然《さんぜん》たる何ものかが、いみじくも鏤《ちりば》められて居るのであった。その宝玉的な何ものかは、科学の上では何であるか(単眼というものででもあろう)彼はそれに就て知るべくもなかった。けれどもその美しさに就ては、彼自身こそ他の何人《なんぴと》より知っていると思った。その美しさはこの小さなとるにも足らぬ虫の誕生を、彼をして神聖なものに感じさせ、礼拝させるためには、就中《なかんずく》、非常に有力であった。

彼のあるか無いかの知識のなかに、蟬というものは二十年目位にやっと成虫になるというようなことを何日《いっ》か何処《どこ》かで、多分農学生か誰かから聞き嚙《きかじ》ったことがあったのを思い出した。おお、この小さな虫が、ただ一口に蛙鳴蟬騒《あめいせんそう》と呼ばれて居るほど、人間には無意味に見える一生をするために、彼自身の年齢にほとんど近いほどの年を経て居ようとは！　そうして彼等の命は僅《わずか》に数日――二日か三日か一週間であろうとは！　自然は一たい、何のつもりでこんなものを造り出すのであろう。いやいや、こんなものと言ってただ蟬ばかりではない、人間を。彼自身を？　神が創造したと言われて居るこの自然は、恐らく出たらめなのではあるまいか。そうして出たらめを出たらめと気附かないで解こうとする時ほど、それが神秘に見える時はないのだから。いやいや、何も解らない。そうだ、ただこれだけは解る——蟬ははかない、そうして人間の雄弁な代議士の一生が蟬ではないと、誰が言おうぞ。蟬の羽は見て居るうちに、目に見えて、そのちぢくれが引延ばされた。同時にそれの半透明な乳白色は、刻刻に少しずつしかし確実に無色で透明なものに変化して来るのであった。そうしてあの芽生のように爽快ではあるけれどもひ弱げな緑も、それに応じて段々と黒ずんで、あたかも若草の緑が常磐木《ときわぎ》のそれになるような、或る現実的な強さが、瞭《あきら》かに其処にも現れつつあるのであった。彼はこれ等のものを二十分あまりも眺めつくして居る間に——それはむしろある病的な綿密《めんみつ》さを以てであった——自《おの》ずと息が迫るような厳粛を感じて来た。

突然、彼は自分の心にむかって言った。

「見よ、生れる者の悩みを。この小さなものが生れるためにでも、此処《ここ》にこれだけの忍耐がある!」

それから重ねて言った。

「この小さな虫は己《おれ》だ! 蟬よ、どうぞ早く飛立て!」

彼の奇妙な祈禱《きとう》はこんな風にして行われた。それはこの時のみならず常にこうして行われてあった。

＊　　＊　　＊　　＊　　＊

さて、ここに幾株かの薔薇《そうび》がこの庭の隅にあった。

それは井戸端の水はけに沿うて、垣根のように植えつけられて居るのであった。もし十分に繁茂して居れば「一架長条万朶春《いっかちょうじょうばんだのはる》」(7)を見せて、二、三間つづきの立派な花の垣根を造ったであろう。けれどもそれ等は甚《はなは》だしく不幸なものであった。朝日をさえぎっては杉の木立があった。夕日は家の大きな影が、それらの上にのしかかって邪魔をした。そうして正午の前後には、柿の樹や梅の枝がこの薔薇の木から日の光を奪《うば》うた。そうしてそれ等杉や梅や柿の茂るがままの枝は、それ等の薔薇の木の上へのさばって屋根のようになって居た。こうしてこれ等の薔薇の木は、その茎はいたいたしくも蔓草《つるくさ》のように細って、尺にもあまるほどの雑草のなかでよろよろと立上って居た。

八月半《なかば》すぎというのに、花は愚かそれらの上には、一片の——実に文字どおりに一片の青い葉さえもないのであった。それ等の茎が未《ま》だ生きたものであることを確める

ために は、彼はそれの一本《ひともと》を折って見るほどであった。日の光と温《あたた》かさとは、すべての外《ほか》のものに全く掠《かす》められて、土のなかに蓄えられた彼等の滋養分も彼等の根もとに蔓《はびこ》った名もない雑草に悉く《ことごと》奪われた。彼等は自然から何の恩恵も享《う》けては居ないように見えた。ただこんな場所を最も好む蜘蛛《くも》の巣の丁度いい足場のようになって、ただ、それのためばかりに有用なものになって、薔薇はこうしてまでその生存を未だつづけて居なければならなかった。

薔薇は、彼の深くも愛したものの一つであった。そうして時には「自分の花」とまで呼んだ。何故かというに、この花に就ては一つの忘れ難い、慰めに満ちた詩句を、ゲエテが彼に遺して置いてくれたではないか――「薔薇《そうび》ならば花開かん」(8)と。また、ただそんな理窟ばった因縁ばかりではなく、彼は心からこの花を愛するように思った。その豊饒《ほうじょう》な、杯から溢れ出すほどの過剰的な美は、殊にその紅色の花にあって彼の心をひきつけた。その眩暈《めくるめく》ばかりの重い香《か》は、彼には最初の接吻の甘美を思い起させるものであった。そうして彼がそれをそう感ずる為めにとて、古来幾多の詩人が幾多の美しい詩をこの花に寄せて居るのであった。西欧の文字は古来この花の為《た》めに王冠を編んで贈った。支那の詩人もまたあの絵模様のような文字を以てその花の光輝を歌うことを見逃さなかった。彼等もまた、大食国《タアジこく》の「薔薇露《そうびろ》」(9)を珍重し、この「換骨《かんこつ》香《こう》」を得るために「海外薔薇水中州未得方《かいがいそうびのみずちゅうしゅういまだほうをえず》」(10)と嘆じさせた。それ等の詩句の言葉は、この花の為めに詩の領国内に、貴金属の鉱脈のような一脈の伝統を——今ではすでに因襲になったほどまでに、鞏固《きょうこ》に形造って居るのである。一度詩の国に足を踏み入れるものは、誰しも到るところで薔薇の噂を聞くほど。そうして、薔薇の色と香と、さては葉も刺《とげ》も、それらの優秀な無数の詩句の一つ一つを肥料として己《おのれ》のなかに汲み上げ吸い込んで——それらの美しい文字の幻を己の背後に輝かせて、その為めに枝もたわわになるように思えるほどである。それがその花から一しおの美を彼に感得させるのであった。幸であるか、いやむしろ甚だしい不幸であろう、彼の性格のなかにはこうした一般の芸術的因襲が非常に根深く心に根を張って居るのであった。彼が自分の事業として芸術を択《えら》ぶようになったのもこの心からであろう。彼の芸術的な才分はこんな因襲から生れて、非常に早く目覚めて居た。……それ等の事が、やがて無意識のうちに、彼をしてかくまで薔薇を愛させるようにしたのであろう。自然そのものから、真に清新な美と喜びとを直接に摘み取ることを知り得なかった頃から、それら芸術の因襲を通して、彼はこの花にのみはこうして深い愛を捧げて来て居た。馬鹿馬鹿しいことのようではあるが、彼は「薔薇」という文字そのものにさえ愛を感じた。

それにしても、今、彼の目の前にあるところのこの花の木の見すぼらしさよ！　彼は、曾て、非常に温《あたたか》い日向《ひなた》にあった為めに寒中に蕾《つぼ》んだところの薔薇を、故郷の家の庭で見た事もあった。それは淡紅色な大輪の花であったが、太陽の不自然な温さに誘われて蕾《つぼみ》になって見たけれども、朝夕の日かげのない時には、南国とても寒中は薔薇に寒すぎたに違いない。蕾は日を経ても徒《いたずら》に固く閉じて、それのみか白いうちにほの紅《あか》い花片《はなびら》の最も外側なものは、日日に不思議なことにも緑色の細い線が出来て来て、葉に近い性質、言わば花片と葉との間のものとでも言うようなものにまで硬《こわ》ばって行くのを見た事があった。けれども、彼が今日の前に見るこれらの薔薇の木は、その哀れな点では曾てのあの蕾の花の比ではない。彼はこれ等の木を見て居るうち、衝動的に一つの考えを持った。どうかしてこの日かげの薔薇の木、忍辱《にんにく》の薔薇の木の上に日光の恩恵を浴びせてやりたい。花もつけさせたい。こう言うのが彼のその瞬間に起った願いであった。しかし、この願のなかには、わざとらしい、遊戯的な所謂《いわゆる》詩的というような、またそんな事をするのが今の彼自身に適《ふさ》わしいという風な「態度」に充ちた心が、その大部分を占めて居たのである。彼自身でもそれに気附かずには居られなかったほど。（この心が常に、如何なる場合でも彼の誠実を多少ずつ裏切るような事が多かった）さて、彼はこの花の木で自分を卜《うらの》うて見たいような気持があった――「薔薇ならば花開かん」！

彼は自分で近所の農家へ行った。足早に出て行く主人の姿を、二疋の犬は目敏《めざと》くも認めて追駆けた。錆びた鋸《のこぎり》と桑剪《くわき》り鋏《ばさみ》とをかたげた彼が、二疋の犬を従えて、一種得意げに再び庭へ現れたのは、五分とは経たないうちであった。彼はにこにこしながら薔薇の傍《かたわ》らに立った。どうすれば其処を最もよく日が照すだろうと、見当をつけて上を見廻しながら、さて肩抜《かたぬ》ぎになった。先ず鋸で、最ものさばり出た柿の太い枝を引き初めた。枝からはぼろぼろと白い粉が降るようにこぼれて、鋸の歯が半《なかば》以上に喰い入ると、未だ断ち切れない部分は、脆《もろ》くもそれ自身の重みを支え切れなくなって、やがてぽきりと自分からへし折れ、大きな重い枝はそれの小枝を地面へ打《ぶっ》つけて落ちかかった。すると、その隙間からはすぐ、日の光が投げつけるように、押し寄せるように、沁み渡るように、あの枯木に等しい薔薇の枝に降《ふ》り濺《そそ》いだ。薔薇を抱擁する日向は追々と広くなった。押しかぶさった梅や杉や柿の枝葉が、追々に刈られたからである。彼は桑剪り鋏で、薔薇の木の上の蜘蛛の巣を払うた。其処にはいろいろの蜘蛛が潜んで居た。蠅取り蜘蛛という小さな足の短い蜘蛛は、枝のつけ根に紙の袋のような巣を構えて居た。鼈甲《べっこう》のような色沢《しきたく》の長い足を持った大きな女郎蜘蛛は、大仕掛な巣を張り渡して居た。鋏がその巣を荒すと、蜘蛛は曲芸師の巧《たくみ》さで糸を手繰《たぐ》りながら逃げて行く。それを大きな鋏が追駆ける。彼等は糸を吐きながら鋏のさきへぶら下がって、土の上や、草のなかや、水溜りの上に下りて逃げる。それを鋏がちょん斬《ぎ》った。

そんなことが彼の体を汗みどろにした。また彼の心を興奮させた。最初に、最も大きな枝が地に墜《お》ちた音で、彼の珍らしい仕事を見に来た彼の妻は、何か夫に喚びかけたようであったけれども、彼は全く返事をしなかった。犬どもは主人が今日は少しも相手になってくれないのを知ると、彼等同士二疋で追っかけ合って、庭中を騒ぎ廻って居た。何か有頂天とでも言いたい程な快感が、彼にはあった。そうして無暗《むやみ》に、手当り次第に、何でも引き切ってやりたいような気持になった。

彼は松に絡《から》みついて居るあの藤の太い蔓《つる》を、根元から、桑剪り鋏で一息に断ち切った。彼は案外自分にも力があると思った。その蔓を縒《より》をもどすようにくるくる廻しながら松の幹から引き分けると松はその時ほっと深い吐息をしてみせたように、彼には感ぜられた。彼は蔓のきり端を両手で握ると、力の限りそれを引っぱって見た。しかし、勿論《もちろん》それは到底無駄であった。松の小枝から梢《こずえ》へそれから更に隣の桜の木へまでも纏《まつわ》りついた藤蔓《ふじづる》は、引っぱられて、ただ松の枝と桜の枝とをたわめて強く揺《ゆす》ぶらせ、それ等の葉を捥《も》ぎ取《と》らせて地の上に降らせ、また桜の枝にくっついて居た毛虫を彼の麦稈《むぎわら》帽子の上に落しただけで、蔓自身は弓弦《ゆみづる》のように張りきったのであった。「私はお前さんの力ぐらいには驚かんね！　どうでも勝手に、もっとしっかりやって見るがいい！」と、その藤蔓は小面《こ》憎《づらにく》くも彼を揶揄《やゆ》したり、傲語《ごうご》したりするのであった。彼はこの藤蔓には手をやいて、とうとうそれぎりにして置くより外はなかった。そうして今度は生垣を刈り初めた……

正午すぎからの彼のこの遊びは、夕方になると、生垣の頭がくっきりと一直線に揃い、その壁のように平になった側面には、折りから、その面と平行して照《てら》し込《こ》む夕日の光線が、榊の黒い硬い葉の上に反射して綺麗にきらきらと光った。こうなって見るとあの大きな穴が一層見苦しく目立つのであった。

「やあ、これゃさっぱりしましたね。」

と、こんな風な御世辞を言いながら、その穴から家のなかを見通して行く野良《のら》帰りの農夫もあった。それから、彼はその序《ついで》にあの溝《みぞ》の上へ冠《かぶ》さって居る猫楊《ねこやなぎ》の枝ぶりを繕うても見た。その夕方、彼は珍らしく大食した。夜は夜で快い熟睡を貪り得た。しかも翌朝目覚めた時には、体が木のように硬ばり節々が痛むところの自分を、苦笑をもって知らなければならなかった。

その幾日か後の日に、今度は本当の植木屋――といっても半農であるが――が、彼の家の庭に這入《はい》った時には、あの松と桜とにああまで執念深く絡みついて居た藤蔓は、あの百足《むかで》の足のような葉がしおれ返って、或る部分はもうすっかり青さを失《うしの》うて居るのであった。そうしてあのもの狂おしい指である巻蔓は、悉《ことごと》くぐったりとおち入って居た。彼は悪人の最後を舞台で見てよろこぶ人の心持で、松の樹の上で植木屋が切り虐《さいな》む太い藤蔓を、軒の下にしゃがんで見上げて居た。

「これや、もう四、五日ほして置くといい焚《た》きつけが出来まさあ」と突然、植木屋は松の樹の上から話しかけた。

「其奴《そいつ》はよっぽど死太《しぶと》い奴だね」彼はそんな事を答えて置いて、「そうだ」とひとり考えた。「あの剛情な藤蔓が、そんなに早くも醜く枯れたのは、彼をそんなに太く壮《さか》んに育て上げたと同じその太陽の力だ」と、彼はこの藤蔓から古い寓話を聞かされて居た。彼はまた、彼の意志――人間の意志が、自然の力を左右したようにも考えた。

むしろ、自然の意志を人間である彼が代って遂行したようにも自負した。藤蔓が其処《そこ》に生えて居た事は、自然にとって何の不都合でもなかったであろうに。とにかく、最初に人間の手が造った庭は、最後まで人間の手が必要なのだ……。彼は漫然そんなことをも思って見た。

それにしても、あの薔薇は、どう変って来るであろうか。花は咲くか知ら？　それを待ち楽しむ心から、彼は立上って歩いて行った。薔薇を見るためにである。それの上にはただ太陽が明るく頼もしげに照しているほか、別に未だ何の変りもないのは、今朝《けさ》もよく見て知って居る筈だったのに。

こうして幾日かはすぎた。薔薇のことは忘れられた。そうしてまた幾日かはすぎた。

＊　　＊　　＊　　＊

自然の景物は、夏から秋へ、静かに変って行った。それを、彼ははっきりと見ることが出来た。夜は逸早《いちはや》くも秋になって居た。轡虫《くつわむし》だの、蟬だの、秋の先駆《せんく》であるさまざまの虫が、あるいは草原で、あるいは彼の机の前で、あるいは彼の牀《とこ》の下で鳴き初めた。楽しい田園の新秋の予感が、村人の心を浮き立たせた。村の若者達は娘を捜すために、二里三里を涼しい夜風に吹かれながら、その逞《たくま》しい歩みで歩いた。或る者は、また、村祭の用意に太鼓の稽古をして居た。その単純な鳴りものの一生懸命な響きが、夜更けまで、野面を伝うて彼の窓へ伝わって来た。この村に帰省していた女学生、それはY市の師範学校の生徒で⑾、この村で唯一の女学生は、夏の終りに、彼の妻と友達になったが、間もなく喜ばしそうにその学校のある都会へ彼の妻をとり残して帰って行った。

彼の狂暴ないら立たしい心持は、この家へ移って来て後《のち》は、漸く、彼から去ったようであった。そうして秋近くなった今日では、彼の気分も自《おのずか》ら平静であった。彼は、ちょうど草や木や風や雲のように、それほど敏感に、自然の影響を身に感得して居ることを知るのが、一種の愉快で誇りかにさえ思われた。この夜ごろの燈《ともしび》は懐しいものの一つである。それは心身ともに疲れた彼のような人人の目には、柔かな床しい光を与えるランプの光であった。彼はそのランプを、この地方へ来た行商人から二十幾銭かで買った。その紙で出来た笠《かさ》は一銭であった。けれどもそのランプのガラスの壺は、石油を透《すか》して琥珀《こはく》の塊のように美しかった。或る時には、薄い紫になって、紫水晶のことを思わせた。その燈の下で、彼は、最初、聖フランシスの伝記を愛読しようとした。けれども彼は直《す》ぐに飽きた。根気というものは、彼の体には、今は寸毫《すんごう》も残されては居なかった。そうしてどの本を読みかけても、一切の書物はどれもこれも、皆、一様に彼にはつまらなく感じられた。それればかりか、そんな退屈な書物が、世の中で立派に満足されて居るかと思うと、それが非常に不思議でさえあった。何か——人間を、彼自身を、すべての物がこの世界とは全く違ったものから出来上っている別世界へ引きずり上げて行くような、あるいはただ彼の目の前へだらしなく展《ひろ》げられているこの古い古い世界を全然別箇《べっこ》のものにして見せるような、あるいはそれを全く根底から覆してめちゃめちゃにするような、それは何でもいい、ただもう非常な、素晴らしい何ものかが、どうかして、何処《どこ》かにありそうなものだ。彼はしばしば漫然とそんなことを考えて居た。ほんとうに「日の下には新《あた》らしいものがあることは無い(13)」のか。そうして一般の世間の人たちは、それなら一たい何を生き甲斐にして生きることが出来て居るのであるか？　彼等はただ彼等自身の、それぞれの愚かさの上に、さもしたりげに各《おのおの》の空虚な夢を築き上げて、それが何も無い夢であるという事さえも気づかない程に猛《たけ》って生きているだけではなかろうか——それは賢人でも馬鹿でも、哲人でも商人でも。人生というものは、果して生きるだけの値《あたい》のあるものであろうか。そうして死というものはまた死ぬだけの値のあるものであろうか。彼は夜毎《よごと》にそんなことを攷《かんが》えて居た。そうして、この重苦しい困憊《こんぱい》しきった退屈が、彼の心の奥底に巣喰うて居る以上、その心の持主の目が見るところの世界万物は、何時《いつ》でも、一切、何処までも、退屈なものであるのが当然だという事——そうしてこの古い古い世界に新らしく生きるという唯一の方法は、彼自身が彼自身の心境を一転するより外にはない事を、彼が知り得た時、ただし、そういう状態の己自身を、どうして、どんな方法で新鮮なものにすることが出来るか。彼の父の慍《おこ》って居る手紙のなかの、「大勇猛心」と呼んで居るものはどんなものか。それを何処から齎《もたら》してどうして彼の心へ植え込むことが出来るか。どうして彼の心に湧立たせることが出来るか。それらの一切は、彼には全然知り得べくもなかった。そうして田舎にも、都会にも、地上には彼を安らかにする楽園はどこにも無い。何も無い。

「ただ万有の造り主なる神のみ心のままに……」

と、そんなことを言って見ようか。けれども彼の心は、決して打砕《うちくだ》かれて居るのではなかった。ただ萎《しな》びて居るだけである……。彼は太鼓のひびきに耳を傾けて、その音の源の周囲をとりかこんで居るであろう元気のいい若者たちを、羨しく眼前に描き出した。

彼の机の上には、読みもしない、また、読めもしないような書物の頁《ページ》が、時時彼の目の前に曝《さら》されてあった。彼はその文字をただ無意味に拾った。彼は、また、時時大きな辞書を持ち出した。それのなかから、成可《なるべ》く珍《めず》らしいような文字を捜し出すためであった。言葉と言葉とが集団して一つの有機物になって居る文章というものを、彼の疲れた心身は読むことが出来なくなって居たけれども、その代りには、一つ一つの言葉に就《つ》いてはいろいろな空想を喚《よ》び起《おこ》すことが出来た。それの霊を、所謂言霊《いわゆることだま》をありありと見るようにさえ思うこともあった。その時、言葉というものが彼には言い知れない不思議なものに思えた。それには深い神的な性質があることを感じた。それら言葉の一つ一つはそれ自身で既に人間生活の一断片であった。それら言葉の集合はそれ自身で一つの世界ではないか。それらの言葉の一つ一つを、初めて発明し出したそれぞれの人たちのそれぞれの心持が、懐しくも不思議にそれのなかに残って居るのではないか。永遠にそうして日常、すべての人たちに用いられるような新らしい言葉のただ一語をでも創造した時、その人はその言葉のなかで永遠に、普遍に生きているのではないか。そうだ、そうだ、これをもっと明確に自覚しなけゃあ……。彼はそんなことを極《ご》くおぼろげに感じた。そうして或る一つの心持を、仲間の他の者にはっきりと伝えたいという人間の不可思議な、霊妙な慾望と作用とに就ても、おぼろに考え及ぶのであった。言葉に倦《あ》きた時には、彼はその辞書のなかにある細かな挿画《さしえ》を見ることに依《よ》って、未《ま》だ見たことも空想したこともない魚や、獣や、草や、木や、虫や、魚類や、あるいは家庭的ないろいろの器具や、武器や、古代から罪人の処刑に用いられたさまざまな刑具や、船や、それの帆の張り方に就いての種種な工夫や、建築の部分などに就て知ることを喜んだ。それらの器物などの些細《ささい》な形や、動物や植物などのなかにはさまざまな暗示があった。就中《なかんずく》、人間自身が工夫したさまざまなもののなかには言葉の言霊のなかにあるものと全く同じように、人類の思想や、生活や、空想などが充ち満ちて居るのを感じた――それは極く断片的にではあったけれども。そうして、彼の心の生活はその時ちょうどそれらの断片を考えるに相応しただけの力しか無いのであった。

彼は、時時それらの感興の末に、夜更けになってから、詩のようなものを書くことがあった。それはその夜中《よじゅう》、彼自身には非常に優秀な詩句であるかのように信ぜられた。しかし、翌日になって目を覚《さま》してまっ先《さ》きにその紙の上を見ると、それは全く無意味な文字が羅列されて居るに過ぎなかった。それはむしろ、先《ま》ず愕《おどろ》くべきことであった。――ふと、いい考えが彼のつい身のまわりまで来て居たのであったのに。そうして、それを捉《とら》えようとした時、もうそこには何物も無かったのである。捉え得たと思った時、それはただ空間であった、ちょうど夢のなかで恋人を抱く人のように。そのもどかしさと一緒に、彼はふと自分の名が呼びかけられたと思って振り返った時、そこに言葉の主が誰もなかった時に似た不安をも、その度毎《たびごと》に味おうた。

家の図面を引くことを、彼は再び始めた。彼は非常に複雑な迷宮のような構えを想像することがあった。そうかと思うと、コルシカの家がそうであるというように、客間としても台所としてもただ大きな一室より無い家を考えることもあった。それの外形や、間どりや、窓などの部分の意匠のデテイルなどが、ほとんど毎夜のように、彼のノオトブックの上へ縦横に描き出された。遂には白い頁はもう一枚も無くなり、方一寸ぐらいの余白が最も貴重なものとして探し出されて、そこもいろいろに組合された幾多の直線で、ぎっしりと埋められてあった。その無意味な一つ一つの直線に対して、彼は無限の空想を持つことが出来た。そんな時の彼の心持は、ただ一人で監禁された時には、無心で一途に唐草模様を描き耽《ふけ》るものだという狂気の画家たちによほどよく似て居た。

こうして、またしてもとうとう生気のない無聊《ぶりょう》が来た。そうしてそれが幾日もつづいた。

* * * * *

或る夜、彼のランプの、紙で出来た笠へ、がさと音を立てて飛んで来たものがあった。

見るとそれは一疋の馬追いである。その青い、すっきりとした虫は、その縁を紅《あか》くぼかして染め出したランプの笠の上へとまって、それらの紅と青との対照が先ず彼の目をそれに吸いつけたが、その姿と動作とが、更におもむろに彼の興味を呼んだ。その虫は、それ自身の体の半分ほどもあるような長い触角を、自分自身の上の方でゆるやかに動かしながら、ランプの円《まる》い笠の紅い場所を、ぐるぐると青く動いて進んで行った。それは円く造られた庭園の外側に沿うて漫歩する人のような気どった足どりのようにさえ、彼には思えた。この青い細長い形の優雅な虫は、そのきゃしゃな背中の頂《いただき》のところだけ赤茶けた色をして居た。彼は螢の首すじの赤いことを初めて知り得て、それを歌った松尾桃青《まつおとうせい》(14)の心持を感ずることが出来た。この虫は、しばらくその円いところをぐるぐると歩いた。そうして時時、不意に、壁の長押《なげし》や、障子の桟《さん》や、取り散した書棚や、あるいは夜更《よふか》しをしすぎて何時《いつ》になれば寝るものともきまらない夫を勝手にさせて自分だけ先《ま》ず眠って居る彼の妻の蚊帳《かや》の上のどこかなどへ、身軽《みがる》に飛び渡っては鳴いて見せた。「人間に生れることばかりが、必ずしも幸福ではない(15)」と、草雲雀《くさひばり》に就てそんなことを或る詩人が言った。「今度生れ変る時にはこんな虫になるのもいい。」或る時、彼はそれと同じようなことを考えながらその虫を見て居るうちに、ふと、シルクハットの上へ薄羽蜉蝣《うすばかげろう》のとまって居る小さな世界の場面を空想した。あの透明な大きな翅《はね》を背負うた青い小娘の息のようにふわふわした小さな虫が、漆黒《しっこく》なぴかぴかした多少怪奇な形を具《そな》えた帽子の真角《まっかく》なかどの上へ、頼りなげにしかしはっきりととまって、その角《かど》の表面をそれの線に沿うてのろのろと這って行く……。それを明るい電燈が黙って上から照して居た……。彼は突然、彼の目を上げて光を覗《のぞ》いた。それは電燈ではない。ランプの光である。彼はそのランプの光を自分の空想と混同して、自分も今電燈の下に居るように思ったからである。

何故《なぜ》に彼がシルクハットと薄羽蜉蝣というような対照をひょっくり思い出したか、それは彼自身でも解《わか》らなかった。ただ、そういう風な、奇妙な、繊細な、無駄なほど微小な形の美の世界が、何となく今の彼の神経には親しみが多かった。

馬追いは、毎夜、彼のランプを訪問した。彼は、最初には、この虫が何《な》んのためにランプの光を慕《しと》うて来るのか、さてその笠をぐるぐると廻るのか、それらの意味を知らなかった。しかし、見て居るうちに直ぐに解った。それは決してその虫の趣味や道楽ではなかったのである。この虫は、其処へ跳《と》んで来て、その上にたかって居るところのもう一層小さい外《ほか》の虫どもを食うためであったのだ。それらの虫どもは、夏の自然の端《はし》くれを粉にしたとも言いたいほどに極く微細な、ただ青いだけの虫であった。馬追いは彼の小さな足でもってそれらの虫を掻《か》き込《こ》むように捉えて、それを自分の口のなかへ持って行った。馬追いの口は、何か鋼鉄で出来た精巧な機械にでもありそうな仕掛に、ぱっくりと開いては、直ぐ四方から一度に閉じられた。一層小さな虫どもはもぐもぐと、この強者の行くに任せて食われた。食われる虫は、それの食われるのを見て居ても、別に何の感情をも誘われないほど小さく、また親しみのないものばかりであった。指さきでそれを軽く圧《おさ》えると、それらの小さな虫は、青茶色の斑点をそこに遺して消え去せてしまうほどである。

馬追いは、或る夜、どこでどうしたのであるか、長い跳ねる脚《あし》の片方を失って飛んで来た。長い触角の一本も短く折れてしまっていた。

遂には或る夜、彼の制止をも聞かなかった猫が、書棚の上で、彼の主人の夜ごとの友人であるこの不幸な者を捉えた。さんざんに弄《もてあそ》んだ上で、その馬追いを食って仕舞った。彼は今度生れ変る時にはこんな虫もいいと思ったことを思い出すと、こんな虫とてもなかなか気楽ではないかも知れないと小さな虫の生活を考えて見た。

彼がそんな風な童話めいた空想に耽り、酔い、弄んで居る間に、彼の妻は寝牀《ねどこ》の下で鳴くこおろぎの声を沁み沁みと聞きつつ、別の童話に思い耽って居るのであった。——こおろぎの歌から、冬の衣類の用意を思うて、猫が飛び乗っても揺れるところの、空っぽになった彼女の簞笥《たんす》の事を考え、それから今は手もとにない彼の女のいろいろな晴着のことを考えた。そうしてそれ等の着物の縞《しま》や模様や色合いなどが、一つ一つ仔細に瞭然《ありあり》と思い浮ばれた。またそれにつれてそれ等の一かさね一かさねが持って居る各各《おのおの》の歴史を追想した。深い吐息がそれ等の考えのなかに雑《まじ》り、さてはそれが涙ともなった。彼の女は、女特有の身勝手な主観によって、彼の女の弄具《おもちゃ》の人生苦を人生最大の受難にして考えることが出来た。そうしてその悲嘆は、しかも訴うるところがなかった。これ等のことを今更に告げて見たところで、それをどうしようとも思わぬらしく「何ものも無きに似たれどもすべてのものを持てり」(16)というような句をただ聞かせるだけで、一人勝手に生きて居る夫、象牙の塔で夢みながら、見えもしない人生を俯瞰《ふかん》した積りで生きて居る夫、その夫を妻が頼み少く思うことは是非ない事である。彼の女は、時時こんな山里へ来るようになった自分を、その短い過去を、運命を、夢のように思い廻《めぐ》しても見た。さて、今でもまだ舞台生活をして居る彼の女の技芸上の競争者達を、(彼の女はもと女優であった。)今の自分にひきくらべて華やかに想望することもあった。……Nという山の中の小さな停車場まで二里、馬車のあるところまで一里半、その何《いず》れに依っても、それから再び鉄道院(17)の電車を一時間、真直ぐの里程にすれば六、七里でも、その東京までは半日がかりだ……それにしても、どんな大理想があるかは知らないが、こんな田舎へ住むと言い出した夫を、またそれをうかうかと賛成した彼の女自身を、わけても前者を彼の女は最も非難せずには居られなかった。

遠い東京……近い東京……近い東京……遠い東京……その東京の街街が、アアクライトや、ショウウィンドウや、おいおいとシイズンになってくる劇場の廊下や、楽屋や、それらが眠ろうとして居る彼の女の目の前をゆっくり通り過ぎた。

＊　＊　＊　＊　＊　＊

空の夕焼けが毎日つづいた。けれどもそれはつい二、三週間前までのような灼《や》け爛《ただ》れた真赤《まっか》な空ではなかった。底には深く快活な黄色を匿《かく》してうわべだけが紅《くれない》であった。明日の暑さで威嚇《いかく》する夕焼ではなく、明日の快晴を約束する夕栄《ゆうばえ》であった。西北の空にあたって、ごく近くの或る丘の凹《くぼ》みの間から、富士山がその真白《まっしろ》な頭だけを現して、夕映のなかでくっきり光って居た。俗悪なまで有名なこの山は、ただそのごく小部分しか見えないということに依って、それの本来の美を保ち得て居た。この間うちまでは重なり合った夕雲のかげになって、それらの雲の一部かあるいは山かと怪しまれた西方の地平に連《つらな》る灰黒色な一列は、今見れば、何処《どこ》か遠くの連山であることが確かになった。今日もまた無駄に費したという平凡な悔恨が、毎日この夕映を仰ぐ度《たび》ごとに、彼にははげしく瞬間的に湧き上るのであった。多分、色彩というものが誘う感激が、彼の病的になっている心をそういう風に刺戟《しげき》したのであったろう。地の上の足もとを見ると、彼の足場である土橋の下を、渠《みぞ》の水が夕栄えの空を反映して太い朱線になって光り、流れて居た。

田の面《も》には、風が自分の姿を、そこに渚《なぎさ》のような曲線で描き出しながら、ゆるやかに蠕動《ぜんどう》して進んで居た。それは涼しい夕風であった。稲田はまだ黄ばむというほどではなかったけれども、花は既に実になって居た。そうして蝗《いなご》がそれらの少しうな垂れた穂の間で、少しずつ生れ初めて居た。蛇苺《へびいちご》という赤い丸い草の実のころがって居る田の畦《あぜ》には、彼の足もとから蝗が時折飛び跳《は》ねた。すると彼の散歩の供をして居る二疋の犬は、より早くそれを見出すや否や、彼等の前足でそれを押し圧えると、其処に半死半生で横《よこた》わって居る蝗を甘《うま》そうに食ってしまった。彼等の一疋はそれを見出す点で、他の一疋よりも敏捷であった。しかし、前足を用いて捉える段になると、別の一疋の方が反《かえ》って機敏であった。また一疋の方はとり逃がした奴を直《す》ぐあきらめるらしかったけれども、他の一疋はなかなか執拗に稲田のなかまで足を泥にふみ込んで追い込む。彼等にもよく観れば各《おのおの》違った性質を具えて居るのが彼を面白がらせ、かつ一層彼等を愛させた。稲の穂がだんだん頭を垂れてゆくにつれて、蝗の数は一時に非常に殖《ふ》えて居た。犬は自分からさきに立って彼を導くようにしながら田の方へ毎日彼を誘い出した。彼は目の前の蝗を見ると、時時、それを捉えて犬どもに食わせてやりたくなった。それで指を広げた手で、その虫をおさえようとした。犬どもは彼等の主人がその身構えをすると主人の意志がわかるようになったと見えて、自分の捉えかかって居るのを途中でやめて、主人の手つきを目で追うて、主人の獲物が与えられるのを待って居るのであった。けれども彼は大てい五度に一度ぐらいよりそれを捉えることが出来なかった。ただ揉《も》ぎとれた足だけを握って居たりした。彼は虫を捉えるには、それに巧《たくみ》でない方の犬にくらべてもずっと下手であった。それにも拘《かか》わらず、犬どもはそんな事にまで主人の優越を信じて、主人を信頼して居るらしかった。そうして、彼が虫をとり逃がした空しい手をひらいて見せると、犬どもは訝《いぶか》しげに、主人の手の中と主人の顔とをかわるがわる見くらべて、彼等は一様にその頭をかしげ、それから彼等の口の端を少し曲《ゆが》めて、その可憐に輝く眼で彼の顔を見上げた。それがさも主人のその失敗に驚き失望しながら、けれども何故《なぜ》ともなく主人に媚《こ》びて居る様であった。彼等犬には、実に豊《ゆたか》な表情があった！　彼等は幾度もその徒《いたず》らな期待の経験をしながらも、矢張り自分達よりも主人の方が虫を捉えるにでも偉い筈だという信念を、決して失わないらしかった。彼の蝗を捉えようとする身構と手つきとを見る毎《ごと》に、彼等は彼等自身が既に成功して居るも同然な虫を放擲《ほうてき》して、主人の手つきを見つめたまま、何時《いつ》までもその恵みを待ちうけて居るのであった。彼は空しくひろげた掌《てのひら》で、失望して居る犬どもの頭を愛撫して居た。犬はそれにでも満足して尾を振った。彼には、それが——犬どもの無智な信頼が、またそれに報ゆることの出来ない事が、妙に切なかった。彼が人間同士の幾多の信頼に反《そむ》いて居ることよりも、この純一《じゅんいつ》な自分の帰依者に対しての申訳なさは、彼にはむしろ数層倍も以上に感じられた。彼は、彼等のあの特有な澄み切った眼つきで見上げられるのが切なさに、遂には、目の前の虫を捉えようとする一種反射運動的な動作を試みないように、細心に努力するのであった。

何時か、彼自身で手入れをしてやった日かげの薔薇の木は、それに覆いかぶさって居た木木の枝葉を彼が刈り去って、その上には日の光が浴びられるようになった後、一週間ばかり経つと、今では日かげの薔薇ではないその枝には、始めて、ほの紅い芽がところどころに見え出した、そうして更に、その両三日の後には、太陽の驚くべき力が、早くもその芽を若々しい葉に仕立てて居た。しかし、彼は顔を洗うために井戸端へは毎朝来ながら、何時しか、それらの薔薇の木のことは忘れるともなくもう全く忘れ果てて居た。

図《はか》らずも、ある朝――それは彼がそれの手入れをしてやってから二十日足らずの後である。彼は偶然、それ等の木の或る緑鮮やかな茎の新らしい枝の上に花が咲いて居るのを見出した。赤く、高く、ただ一つ。「永い永い牢獄のなかでのような一年の後に、今やっと、また五月が来たのであろうか！」その枯れかかって居た木の季節外《はず》れな花は、歓喜の深い吐息を吐き出しながら、そう言いたげに、今四辺《あたり》を見まわして居るのであった。秋近い日の光はそれに向って注集して居た。おお、薔薇の花。彼自身の花。「薔薇ならば花開かん。」彼は思わず再び、その手入れをした日の心持が激しく思い出された。彼は高く手を延べてその枝を捉えた。そこには嬰児《えいじ》の爪ほど色あざやかな石竹色《せきちくいろ》の軟かい刺《とげ》があって、軽く枝を捉えた彼の手を軽く刺した。それは、甘える愛猫が彼の指を優しく噛む時ほどの痒《かゆ》さを彼に感じさせた。彼は枝をたわめてそれを己《おのれ》の身近くひき寄せた。そのただ一つの花は、嗟《ああ》！　ちょうどアネモネの花ほど大きかった。そうしてそれの八重の花びらは山桜のそれよりももっと小さかった。それは庭前の花というよりも、むしろ路傍の花の如くであった。しかもその小さな、哀れな、畸形《きけい》の花が、少年の唇《くちびる》よりも赤く、そうしてやはり薔薇特有の可憐な風情と気品とを具え、鼻を近づけるとそれが香さえ帯びて居るのを知った時彼は言い知れぬ感に打たれた。悲しみにも似、喜びにも似て何《いず》れとも分《わか》ち難《がた》い感情が、切なく彼にこみ上げたのである。それはあたかも、あの主人に信頼しきって居る無智な犬の澄みきった眼でじっと見上げられた時の気持に似て、もっともっと激しかった。譬《たと》えば、それはふとした好奇な出来心から親切を尽してやって、今は既に全く忘れて居た小娘に、後に偶然にめぐり逢《お》うて「わたしはあの時このかた、あなたの事ばかりを思いつめて来ました」とでも言われたような心持であった。彼は一種不可思議な感激に身ぶるいさえ出て、思わず目をしばたたくと、目の前の赤い小さな薔薇は急にぼやけて、双《そう》の眼がしらからは、涙がわれ知らず滲《にじ》み出て居た。

涙が出てしまうと感激は直ぐ過ぎ去った。しかし、彼はまだ花の枝を手にしたまま呆然と立ちつくした。頬は涙が乾いて硬《こわ》ばって居た。彼はじっと自分の心の方へ自分の目を向けた。そうして心のなかでいくつかの自分同士がする会話を、人ごとのように聞いて居た――

「馬鹿な、俺はいい気持に詩人のように泣けて居る。花にか？ 自分の空想にか？」

「ふふ。若い御隠居がこんな田舎で人間性に饑《う》えて御座る？」

「これあ、俺はひどいヒポコンデリヤ(18)だわい。」

＊　　＊　　＊　　＊

或る夜、庭の樹立《こだち》がざわめいて、見ると、静かな雨が野面《のづら》を、丘を、樹を仄白《ほのじろ》く煙《けむ》らせて、それらの上にふりそそいで居た。しっとりと降りそそぐ初秋の雨は、草屋根の下では、その跫音《あしおと》も雫《しずく》も聞えなかった。ただ家のなかの空気をしめやかに、ランプの光をこまやかなものにした。そうして、それ等のなかにつつまれて端坐した彼に、或る微《かす》かな心持ち、旅愁のような心持ちを抱かせた。そうして、その秋の雨自らも、遠くへ行く淋しい旅人のように、この村の上を通り過ぎて行くのであった。彼は夜の雨戸をくりながらその白い雨の後姿を見入った。

そんな雨が二度三度と村を通り過ぎると、夕方の風を寒がって、猫は彼の主人にすり寄った。身のまわりには単衣《ひとえ》ものより持ち合せて居ない彼も震えた。

或る夕方から降りだした雨は、一晩明けても、二日経っても、三日経っても、なかなかやまなかった。始めの内こそ、それらの雨にある或る心持を寄せて楽しんで居た彼も、もうこの陰気な天候には飽き飽きした。それでも雨は未《ま》だやまない。

犬の体には蚤《のみ》がわいた。二匹の犬はいじらしくも、互に、相手の背や尾のさきなどの蚤をとり合って居た。彼は彼等のこの動作を優しい心情をもってながめた。しかし、それ等の犬の蚤が何時の間にか、彼にもうつった。そうして毎晩蚤に苦しめられ出した。蚤は彼の体中をのそのそと無数の細い線になって這いまわった。

それに運動の不足のために、しばらく忘れて居た慢性の胃病が、彼を先ず体から陰鬱にした。それがやがて心を陰鬱にした。毎日毎日の全く同じ食卓が、彼の食慾を不振にした。その毎日同一の食物が彼の血液を腐らせそうにして居ると、感じないでは居られなかった。犬でさえもうそれには飽きて居た。ちょっと鼻のさきを彼等の皿の上に押しつけただけで、彼等さえ再び見向きもしなかった。けれどもこれに就て、彼は彼の妻には何も言うべきではなかった。この村にある食い物とては、これきりだからである。

彼の単物《ひとえもの》はへなへなにしとって体にまつわりつき、彼の足のうらは油汗のためにねちこちして坐って居る時には、その足の汗と変な温かさとが彼の尻に伝うて来て、蚤は好んでそこに集って居た。頭の毛のなかにも蚤が居るような気がした。それを梳《す》こうとすると、冷《ひや》りとしとった生えるがままの毛髪は、堅く櫛に絡んで、櫛は折れてしまった。その蚕の巣のように感じられる体を洗って、さっぱりするために、風呂に入りたいと思っても、彼の家には風呂桶《ふろおけ》はなかった。近所の農家では、天気の日には毎日風呂を沸かしたけれども、野良仕事をしないこの頃の雨の日には、わざわざ水を汲んだりしてまで、風呂へ入る必要はないと、彼等は言って居た。そうして農家では、朝から何にもせずに、何にも食わずに寝て居るという家族もあった。

猫は、毎日毎日外へ出て歩いて、濡れた体と泥だらけの足とで家中を横行した。それればかりか、この猫は或る日、蛙を啣《くわ》えて家のなかへ運び込んでからは、寒さで動作ののろくなって居る蛙を、毎日毎日、幾つも幾つも啣《くわ》えて来た。妻はおおぎょうに叫び立てて逃げまわった。いかに叱っても、猫はそれを運ぶことをやめなかった。妻も叫び立てることをやめなかった。生白い腹を見せて、蛙は座敷のなかで、よく死んで居た。猫は家のなかを荒野と同じように考えている。そうして家のなかは荒野と全く同じであった。

或る日。彼の二疋の犬は、隣家の雞《にわとり》を捕えて食って居るところを、その家の作代《さくだい》に見つかって、散々打たれて帰って来た。その隣家へ、彼の妻がそれの詫びに行ったところが、円滑な言葉というものを学ばなかった田舎大尽《だいじん》の老妻君は、案外な不気嫌であった。犬は以後一切繋《つな》いで置いて貰いたい。運動させなければならぬならば、どうせ遊んで居られる方ばかりだから自分達で連れて歩けばいい。庭のなかへ這入っては糞をしちらかす。田や畑は荒す。夜は吠えてやかましい。そのために子供が目をさます。その上につい一週間ほど前から卵を産み始めたばかりのいい雞などを食われてたまるものではない。まるで狼のような犬だ。もし以後、庭のなかへ這入るような事があったならば、遠慮はして居られないから打ちのめす、家には外にも沢山の雞があるのだから。と何か別の事で非常に激昂して居るらしい心を、彼の犬の方へうつして、ヒステリカルな声で散散に吐鳴《どな》り立てた。その声が自分の家のなかで坐って居る彼の耳にまで聞えて来た。この中老の婦人はこの犬どもの主人が、他の村人のように彼の女に対して尊敬を払わぬといって、兼兼《かねがね》非常に不愉快に思って居たからであった。最も奇妙なことには、彼の女は彼等夫婦が何も野良仕事をしないという事実に就ての彼の女自身の単純な解釈から、彼の女の新しい隣人が何か非常に贅沢な生活でもして居るものと推察して居たものと見える。こういうわけで、発育盛りの若い二匹の犬は、毎日鎖で繋がれねばならなかった。彼は始めの数日は自分で自分の犬を運動に連れて行った。二匹の犬を一人で牽《ひ》くのは仲々にむずかしかった。それに傘をもささねばならなかった。道は非常に濘《ぬか》って居た。どうせ遊んで居る閑人《ひまじん》だ、運動なら自分で連れて歩け……と言った言葉を思い出すと、彼は歩きながら悲しげに苦笑を洩《もら》した。若い大きな犬どもは五町や六町位の運動では、到底満足しなかった。それに彼等は普通の道路を厭《いと》うて、そのなかへ足を踏み込むと露で脛《すね》まで濡れる畦道《あぜみち》の方へ横溢《おういつ》した活気でもって、その鎖を強く引っ張りながら、よろめく彼を引き込んで行った。わけても闘犬の性質を持った一疋は非常な力であった。それらの様子を、隣家の老妻君は家のなかから見て居そうに、彼は思った。実際そんな時もあった。運動不足で癇癪《かんしゃく》を起して居る犬どもは、繋がれながら、夕方になると、与えた飯を一口だけで見むきもせずに、ものに怯《おび》えて、淋しい長い声で何かを訴えて吠え立てた。その声が、雨のためにほの白く煙った空間を伝《つと》うて、家の向側の丘の方へ伝って行くと、その丘からはその声が重苦しい山彦になって吠え返して来る。犬はそれを自分たち自身の声とは知らずに、再びより激しくそれへ吠え返した。それがまた再び山の方へひびき渡る。こうしていつまでも犬の遠吠えはやまない。犬をなだめてやろうとして、彼等の名を呼んでも、もうおびえきって居る犬どもは、彼等の主人をさえ怖《おそろ》しがって尻込みした。仕方なしにそのまま犬を吠えさせて置くと、そのけたたましいやるせない声は、彼の心の底へ沁み込みそれを震動させて、ちょうど胸騒ぎする時の心臓のように彼の胸を圧しつけるのであった。犬はこうした夕方毎《ごと》に一しきり物凄く長鳴きした。ある時には犬のその声を聞いて、例の隣りの大尽の家からは「ほんとうになんというるさい犬だろう！」と、大きな声で子供が吐鳴《どな》るようなこともあった。彼は例の老妻君が、自分の娘にそう言わせて居るのだと気がついて、この度し難い女に業を煮やした。猫の方は猫で、相変らず蛙を咥《くわ》えて来て、のっそりと泥だらけの足で夕闇の座敷をうろついて居た。彼は時にはそれらの猫を強く蹴り飛した。連日の雨にしめって燃えなくなって居る薪《たきぎ》が、風の具合で、意地わるく毎日座敷の方へばかり這入り込んで来て天井一面に重くのさばった。

昼間の犬の音《おと》なしい時には、例の隣家の大尽の家では、卵を生んだ鶏が何羽も何羽も、人の疳《かん》をそそり尽さねば措《お》かないような声で、け、け、け、けけけけと一時間もそれ以上も鳴きつづけた。或る日、それらの一羽が、彼の家へ紛れ込んで来たが、犬どもの繋がれて居るのを見ると、したりげに後から後から群をなして彼の庭へ闖入《ちんにゅう》した。そうして犬の食いちらした飯粒を悠然と拾い初めた。犬は腹を立てて追う。鶏はちょっと身を引く。腹を立てた犬は吠え立てたけれども鶏の一群は別に愕《おどろ》かなかった。その一群の闖入者を追い払おうとして走り出した犬には、鎖が頸玉《くびたま》をしっかりとおさえて居た。あせればあせるだけ彼自身の喉《のど》が締めつけられるだけであった。遂には彼等同士の二つの鎖が互の身動きも出来ない程に絡み合って居たりする。そうしてそれを訴えて吠える。彼は雨のなかへ下りて行って、どう縺《もつ》れて居るか解らない鎖を直してやろうとする。犬どもは喜んで泥だらけの足を彼の胸のあたりへ押しつける。犬どもがじっとして居ないために、鎖は更に複雑に縺れ合って行く。苛立《いらだ》たしくもどうしても解けない。とうとう犬は悲鳴をあげる。一度追われた鶏は、その間に再び平気で縁側へさえ上って来て、そこへ汚水のような糞をしたりした。手を拡げて追うと、彼等はさも業業《ぎょうぎょう》しく叫び立てた。彼等はちょうど、あの意地わるの女主人に言附かって、彼を揶揄するために来たかとさえ思われた。その女主人は、墻根《かきね》の向うから、それらの光景を見て居ながら、わざと気のつかぬふりをして居る。彼の妻はそれを見ると、何かあてつけらしく鶏を罵《ののし》りそうにするのを彼は制止した。彼はそんな事をしては悪いと思って居るよりも、臆病と卑屈とから、それすらも出来ないのであった。そうして内心は妻よりより以上に憤慨して居るのである。別の隣家の小汚い女の子が二人、別に嬰児《あかご》まで負うて、雨で遊び場がないので、猫よりももっと汚い足と着物とで彼の家へ押込んで来た。背中の嬰児が泣く。そうして三人ともそれぞれに何を見ても欲しがる。お桑という名の十三になるという一番上の児は、もうすでに女特有の性質を発揮して、彼の妻を相手に、隣の大尽の家の悪口やら、いろいろの世間話を口やかましく聞かせて居た。それ等の児は時時彼等が風呂を貰って這入る家の子なので、その子を追い立てることは出来にくいと妻は言った。その実、彼の妻はそんな子供をでも話相手に欲しかったのである。それでも、さすが彼の妻もうるさいと思う時もあると見える。「もううちへお帰り」というと、その子供は口口に「いやだあ、うちでは皆眠《ね》ているだ、戸たてて。まっ暗だもの。下のうちで遊んで来うと言ったべし」と言うのであった。「下のうち」というのは彼の家を指すのである。犬や猫ばかりでない、確にこの子供達が一層沢山に蚤を負うて来るに違いない、と彼は考えた。彼はいらいらしながらも、よその人とさえ言えばこんな子供にまで小さくなって、小言一つ言えない性質であった。そうしてそんなことには無神経なほど無頓着な彼の妻が、その子供たちに雨降りのなかを、お豆腐を買って来いの、お砂糖がなくなったのと言っては、あまりしげしげ用事に使うのを見ると、彼は反《かえ》ってはらはらして、妻を叱り飛ばした。

　その子供達の家へ風呂を貰いに行くと、七十位の盲目で耳の遠い老婆が、風呂釜の下を燃《もや》してくれながら、いろいろと東京の話を聞きたがった。東京の話ではない江戸の話である。この老婆は「煙のような昔」(とそのツルゲニエフ(19)のような言葉をその老婆自身が言った)娘のころに、江戸の某様の御屋敷で御奉公したとかで、御維新の騒ぎで殿様が甲府の町奉行になるところが駄目になった話やら、その年は実に悪い年で山王様の御祭が満足に出来なかったことやらを、とぎれとぎれに語り出して、さてまだ眼の見えた昔に見た江戸の質問を彼にするのであった。維新で田舎へ帰ったと言いながら、その維新とはどんなものであるかは知らないのであった。「その時にはどんな世の中に代ることかと思ったのに、昔とちっとも代りはしない。こんなことなら、何もあんな大騒ぎをすることもなかったのに……」とそんなことを呟いた。そうして電車が通って居たり、公園があったりする東京というものの概念は何一つ持って居なかった。彼には答える術《すべ》もないその江戸の質問を、くどくどと尋ねるのであった。さて彼が「江戸」の事は不案内だと気がつくと、彼の女の娘時代のその家の全盛、今の主人である息子の馬鹿さ、身上《しんしょう》も持てないくせにけちんぼうで御近所へのつき合いもろくに出来ないこと、それから思い出して子供が毎度遊びに行って御邪魔をするというようなこと、あなたの商売《しょうばい》は何だという質問、実に実に平凡なことどもを長長と聞かせて、それに対してそれと同等に長長しい返答を要求するのであった。それでなくてさえ口不調法な彼には、返事の仕方が解らなかった。それにこの老婆は答えても何も聞えぬだろうほど耳が遠かった。「俺にはそんな話は面白くないのだ！　ひとのことなどはどうでもいいのだ！」彼はそう叫んでやりたくなった。この老婆のくどい話は結局、何のことであるかは解らなかったけれども、彼の気持をじめじめさせるには、何しろ十分すぎた。しかもそれの相手になってくれと懇願する表情（それは半ばは死んで居て、犬のそれの半分も豊かではない）をもって、この老婆は五十六の時に全く失明したと、今のさっきも物語ったその両眼で、彼を見上げた。見つめた。風呂釜の火が一しきりゆらゆらと燃え上って、ふと、この腰の全く曲って居る老婆を照すと、片手に長い薪を持った老婆は、広い農家の大きな物置場の暗闇の背景からくっきり浮き上って、何か呪《のろい》を呟く妖婆のようにも見えた。

その風呂場を脱れ出てくると、さすがに夜風がさわやかに、彼の湯上りの肌を撫《な》でた。しかし家へ帰って見ると、彼の妻はホヤのすすけた吊りランプの影で、里の母からでも来たらしい手紙を読んで居たが、彼には見せたくないらしく、遽《にわか》にそれを長長と捲《ま》き納《おさ》めると、不興極まる顔をして、その吐息を彼に吹きかけでもするかのように彼をまともに見上げて、涙で光らせた瞳で彼を見上げた。それは何か威嚇《いかく》するようにも見え、哀願するようにも見えた。その手紙を、彼は読まずとも知って居る。彼にはつまらぬことであって、彼の女達には重大な何事かであろう。彼の女等は互に彼の女等の苦しい困窮を訴え合って居るのであろう……彼の家には、もう一人泣きに来る女があった。それはお絹[20]という名の四十近い女であった。彼等がこの家へ引越して来る時に、この家へ案内し、引越しの手伝いをしたあの女である。その因縁で、その後、彼の家庭へ時時出入りするようになった女である。彼の女は身の上ばなしを初めてはよく泣いた。お絹はいろいろな生涯を経てこの村へ流れて来た女であった。最初にたった一度、もの珍らしさからついこの女の身の上咄《ばなし》に耳を傾けたのが原因で、お絹はその後いつもいつも一つの話を繰り返した。彼はしまいにはお絹の顔を見ると腹立しくなった。もっとも不思議なことには、彼はお絹の顔さえ見れば胃のあたりが鈍痛し初めるのであった……。

床《ゆか》の下では、犬が蚤にせめ立てられて、それを追うために身を揺すぶると、その度にゆれる鎖の音が、がちゃがちゃと彼に聞えて来た。彼はお絹の身の上ばなしよりも、蚤に悩まされて居る犬の方に、より多くの同情を持った。そうして彼は自分自身の背中にも、脇腹にも、襟にも、頭の毛のなかにも、蚤が無数にうごめき出すのを感じた……。

せめては早く雨だけでも晴れてくれないものかと、彼は毎日夕方になると空を見上げた。彼は何故か夕方に空を見上げた。そうして星でも出ては居ないかと、空を見まわした。星どころか、野面は白く煙って、空はただ無限に重かった。些細《ささい》な単調な出来事のコンビネエションや、パアミテエション(21)が、毎日単調に繰り返された。それらがひと度彼の体や心の具合に結びつくと、それは悉く《ことごと》憂鬱な厭世的なものに化《かわ》った。雨は何時《いつ》までも降りやまない。それは今日でもう幾日になるか、五日であるか、十日であるか、二週間であるか、それとも一週間であるか、彼はそれを知らない。ただもうどの日も、どの日も、区別の無い、単調な、重苦しい、長長しい幾日かであった。牢獄のなかで人はこういう幾日かを送るであろうか？　おお！　そうだ。日蔭になって、五月になっても、八月の半頃になっても青い葉一枚とてはなく、ただ茎ばかりが蔓草のように徒《いたず》らによろめいて延びて居た、この家の井戸端のあの薔薇の木の生活だ。彼は再び薔薇のことを考えた。考えたばかりではない。あの日かげの薔薇の鬱悶《うつもん》を今は生活そのものをもって考えるのである、こんな日毎《ひごと》の机の前に坐り込んだまま。

薔薇といえば、その薔薇は、何時《いつ》かあの涙ぐましい――事実、彼に涙を流させた畸形な花を一つ咲かせてから、日ましによい花を咲かせて、咲き誇らせて居たのに、花はまたこの頃の長い長い雨に、花片《はなびら》はことごとく紙片《かみきれ》のようによれよれになって、濡れに濡れて砕けて居た。砕けて咲いた。

＊　　＊　　＊　　＊

こんな日頃に、ただ深夜ばかりが、彼に慰安と落着きとを与えた。雞の居ない夜だけ、鎖から放して置くことにした犬が、今ごろ、田の畔《あぜ》をでも元気よく跳びまわって居るかと想像することが、寝牀《ねどこ》のなかで彼をのびのびした気持にした。

しかし或る夜であった。家の外から彼の家を喚《よ》ぶものがあった。未《ま》だ机の前に坐りこんで、考えに圧《おさ》えつけられて居た彼は、縁側の戸を開けて見ると、一人の黒い男が、生垣と渠《みぞ》との向うの道の上に立って居た。そうしてその何者かが彼に向って、横柄に呼びかけた。巡査かも知れない、と彼は思った。

「これゃあ君の家の犬だろう。」

「そうだ。何故《なぜ》だい。」

「これゃあ、怖くって通れんわい。」

その村位、犬を恐怖する村は、先《ま》ず世界中にないと、彼は思った。この附近には、狂犬が非常に多いからだと村の一人が説明して居た。それに彼の犬の一疋は純粋の日本犬であった。

「大丈夫だよ。形は怖いが、おとなしい犬だから。」

「何が大丈夫だい。怖くって通れもしない。」

「狂犬じゃないよ。吠えもしないじゃないか。」

「飼って居る者はそうでも、飼わんものにはおっかない。ちょっと出て来て、繋いだらどうだい。」

この何者かの非常に横柄な口調は、其奴《そいつ》が闇で覆面して居るからだと思うと、彼は非常に憤《いきどお》ろしかった。彼はいきなり其処《そこ》にあった杖をとると、傘もささずに道の方へ飛び出した。雨は糠《ぬか》ほどより降って居ない。その知らない男は、何かまだぐずぐず言って居た。そうしてどうしてもこの犬を繋げ、それでなければ俺は通れぬ、と言い張った。可笑《おか》しいほど犬を恐れながら、可笑しいほど一人で威張って居た。「これは優しい犬だ、未だ子供だから人懐しがって通る人の傍へ行くのだ」と彼は犬のために弁護した。彼にとっては、今、犬は無辜《むこ》の民である。その男は暴君である。彼自身は義民であった。その男の言うことが一一《いちいち》理不尽に思えた彼は、果は大声でその男を罵《ののし》った。彼の妻は何事かと縁側へ出て来たが、この様子を見ると彼の女は、暗《くらやみ》のなかの通行人に向って頻りに詫びて居た。彼にはそれがまた腹立しかった。

「黙って居ろ。卑屈な奴だ、謝る事はない。犬が悪いのじゃないぞ。この男が臆病なんだ。子供や泥棒じゃあるまいし……」

「何、泥棒だと。」

「お前が泥棒だと言やしないよ。音無《おとな》しく尾を振って居る犬をそんなに怖がる奴は泥棒見たいだと言っただけだ。」

彼は、しまいには、その男を殴りつけるつもりであった。彼等は五、六間を距《へだ》てて口争いして居た。其処へ、見知らない男の後から一つの提灯《ちょうちん》が来た。それがその男に向って何か言って居たが、提灯は彼の方へ近づいて来た。奴等は棒組だな、と彼は即座にそう思った。もし傍へ来て何か言ったら、と彼は杖をとり直して身構えした。

「どうぞ堪忍《かんにん》してやって下さいましよ。親爺《おやじ》ゃお酒をくらって居るんでさ。」

その提灯の男は、反《かえ》って彼に謝って居たのだ。彼は相手が酔っぱらいであったと知れると、急に自分が馬鹿げて来た。しかし、彼は笑えもしなかった。その時或る説明しがたい心持で、身構えて把《にぎ》って居た自分の杖をふり上げると、自分の前で何事も知らずに尾を振って居る自分の犬を、彼は強《した》たかに打ち下した。犬は不意を打たれて、けん、けん、と叫びながら家のなかへ逃げ込む。打たれない犬もつづいて逃込む。彼は呆然とそこに立って居たが、舌打をして、その杖を渠のなかへたたきつけると、すたすたと家へ這入って行った。犬は二疋とも床下深く身を匿《かく》して居た。そうして庭に這入って来た彼を見た時、彼等は細い悲しい声を上げて、彼等の訴えを吠えた。杖を捨てても未だ握って居た彼の掌は、ねちこちと汗ばんでいた。

「今に見ろ。村の者を集めてあの犬を打殺してやらあ!」酔っぱらいはそんな事を言いながら、提灯をもった若い男に連れられて通り去った。

酔っぱらいのその捨白《すてぜりふ》が、その晩から、彼には非常な心配の種になった。村の者が、実際、彼の犬を打殺しはしないかと考えられ出すと、身の上話で泣いて居たあの太っちょの女が、いつか彼に告げた言葉も思い出された――「この村では冬になると犬を殺して食いますよ。御用心なさい、御宅のは若くって太って居るから丁度いいなんて、冗談でしょうがそんな事をいって居ましたよ。」

捨てて仕舞った杖は、思えば思うほど、彼には非常に惜しいものであった。それは唐草模様の花の彫刻をした銀の握《にぎり》のある杖であった。別段それほど惜しむに足りるのではないのに、それが彼には不思議なほど惜しまれた。その翌日は、彼は犬を運動させるようなふりをして、その杖を捜す為《た》めに、渠《みぞ》の流れに沿うた道を十町以上も下って見た。あの清らかであった渠の水は、毎日の雨で徒らに濁り立って居た。杖は何処《ど》にも見出されなかった。彼はあんな風にして杖を無くした事を、妻にも内緒にして居るのであった、全く羞《は》ずかしい事だったので。

杖と酔漢の捨白《すてぜりふ》とが、彼自身でさえ時時は可笑しいばかり気にかかる。一層、あの時、あの男を撲《なぐ》りつけてやればよかったに――彼は寝床のなかで、口惜《くや》しくてならない時もあった……もしや犬がいじめられて居はしないかと、それを夜中《よじゅう》放して置くことが苦労になり出した。気を苛立《いらだ》てながら聞耳をそば立てると、犬の悲鳴がする。大急ぎで縁側へ出て戸を開けながら口笛を吹くと、犬は直ぐ何処かから帰って来る。そうして鳴いて居るのは外《ほか》の犬であった。しかし、口笛を吹いても名を呼んでも容易に帰って来ない事がある。そうして一層けたたましく吠えつづける。そんな時には居ても立っても居られない。彼の妻は、あれは家の犬ではないとか、犬は別に何処でも鳴いては居ないとか言って、初めは彼を相手にはしなかったけれども、彼があまりやかましくいうので、この妄想は、何時しか妻の方にまで感染した。彼等は呪われている者のように戦戦兢兢《せんせんきょうきょう》として居た。その上に、ランプの焔《ほのお》がどうした具合か、毎夜、ぽっぽっと小止《おや》みなく揺れて、どこをどう直して見ても直らなかった。彼は自分の不安な心を見るようにランプの揺れる芯《しん》を凝視して、疳《かん》を苛立てて居た。或る夜、ただ事でない犬の鳴き声がするので、庭に出て見ると、レオはさも急を告げるらしい様子で彼を見て吠え立てる。遠くの方ではフラテの悲鳴が切なく聞えて来る。彼はレオの後に従いながら、悲鳴をたよりに、フラテ！　フラテ！　と叫びながら、それの居所を捜し求めるのであった。やがて帰って来たフラテを見ると、顔の半面と体とが泥だらけであった。フラテは泥の上にすりつけられて折檻《せっかん》されて居たのであろう。何処からか凱歌のように人の笑声《わらいごえ》が聞えて来る……。その夜以来、犬は夜中のただ一、二時間だけ放して置いてから、また再び繋ぐことにした。かつまた、それの鎖の場所を玄関の土間のなかへ変えた――素通りの出来る庭の隅では、たとい繋いで置いても不用心だからである。しかし繋がれるために呼ばれるのだと知ると犬は呼んでもなかなか帰って来なかった。帰って来ても、主人たちの顔つきを見ながら、庭の中を逃げ廻ってなかなか捉えられなかった。そこで食物を与えて釣って見ても鎖の傍へならば寄りつかなかった。闘犬の子で逞しい足と、太い牙とを持っているフラテは、或る夜自分の鎖を真中から食切って、四辺の壁から脱けるためには床下の土に大きな穴を開け、大きな体をそこからもぐり出すと、鎖の半分は頸《くび》にぶらさげて泥濘《ぬかるみ》の地上にそれを曳きながら、夜中楽しく遊びまわって居た。それを主人に知らせるために、そうして自分も解放されたいために、レオは激しく鳴き叫んだ。

　彼は、犬に対する夜中の心配を昼間に考え直すことがあったが、これはどうも一種の脅迫観念だと気づかずには居られなかった。犬だって自分の力で自分を保護することは知って居るだろう……。そうして、たわいもない犬のことなどをばかり考えて居る自分が、恥しくも情けなかった。けれども夜になると、やはり「俺の犬は盗まれる、殺される！　きっとだ！」今では、犬は彼にとってただ犬ではなかった――何か或る象徴であった。愛するという事は実にそれで苦しむという事であった。杖のこともなかなか忘れられなかった。犬の心配のない時には、銀金具の把《にぎ》りのある杖が、その金具の重みのために頭の方だけ少し沈みながら、濁った渠のなかを、流れのまにまに浮いたり沈んだりして、何処かを、そうして涯《はて》しのない遠い何処かへ持って行かれるために流れて行くところを、彼は屡屡《しばしば》寝床のなかで空想して居た。

＊　　＊　　＊　　＊　　＊

雨は、一日小降りになったかと思うと、その次の日には前よりももう一層ひどく降る。さて、その次の日にはまた小降りになる。しかし、その次の次の日にはまた降りしきる……。この間歇的《かんけつてき》な雨は何日《いつ》までも降る……。幾日でも、幾日でも降る……。彼の心身を腐らせようとして降る……、世界そのものを腐らせようとして降る……

何もかも腐れ……、

腐るなら腐れ……、

勝手に腐れ……、

腐れ腐れ……、

お前の頭が……、
　まっさきに腐れ……、
…………………、
…………………、
…………………、
…………………、
…………………、

　声のないコーラスは家の外から、四方から来て、彼の家のなか一ぱいにうすら寒く、うす暗く漂うて、見ていると雨の脚はそういうリズムで降る。北の窓の方を見ても、南の窓の方を見ても、その物憂いリズムの無限の度数を繰り返し、繰り返して降る……。何日になったならば止《や》もうという希望なしで降る……。

＊　　＊　　＊　　＊　　＊

ここに一つの丘があった。

彼の家の縁側から見るとき、庭の松の枝と桜の枝とは互に両方から突き出して交《まじ》り合《あ》って、そこに穹窿形《きゅうりゅうけい》の空間が出来て、その樹と樹との枝と葉とが形作るアアチ形の曲線は、生垣の頭の真直ぐな直線で下から受け支えられて居た。言わばそれらが緑の枠をつくって居た。額縁であった。そうしてその額縁の空間のずっと底から、その丘は、程遠くの方に見えるのであった。

彼は、何時《いつ》初めてこの丘を見出したのであろう？　とにかく、この丘が彼の目をひいた。そうして彼はこの丘を非常に好きになって居た。長い陰気なこのごろの雨の日の毎日毎日に、彼の沈んだ心の窓である彼の瞳を、人生の憂悶からそむけて外側の方へ向ける度毎《たびごと》に、彼の瞳に映って来るのはその丘であった。

その丘は、わけても、彼の庭の樹樹《きぎ》の枝と葉とが形作ったあの穹窿形の額縁を通して見る時に、自ずと一つの別天地のような趣があった。ちょうどいいくらいに程遠くで、そうして現実よりは夢幻的で、夢幻よりは現実的で、その上雨の濃淡によって、或る時にはそれが彼の方へやや近づいて、或る時にはずっと遠退《とおの》いて感じられた。或る時には擦りガラスを透して見るようにほのかであった。

その丘はどこか女の脇腹の感じに似て居た。のんびりとした感情を持ってうねっている優雅な、思い思いの方向へ走っている無数の曲線が、せり上って、せり持ちになって出来上った一つの立体形であった。そうして、あの緑色の額縁のなかへきちんと収まって、譬《たと》えば、最も放胆に開展しながらも、発端と大団円とがしっくりと照応できる物語のように、その景色は美しくも、少しの無理も無く、その上にせせっこましく無しに纏《まとま》って居た。それはどこかに古代希臘《ギリシャ》の彫刻にあると謂《い》われている沈静な、しかも活き活きとした美をゆったりと湛《たた》えて居た。それは気高い愛嬌のある微笑をもった女の口の端にも似て居た。丘の頂には雑木林があって、その木は何《いず》れも手の指を空に向けて開けたように枝を張って居て、彼の立っている場所からは一寸か五寸ぐらいに見える――或る時には一寸ぐらいに、そうして或る時には五寸ぐらいに感じられて見える。短い頭髪のように揃うて立っている林は、裸の丘を額《ひたい》にしてそれの頂だけに、美しい生え際をして生えて見える。それらの林と空とが接する境目にはごく微細な凹凸があって、それが味い尽せないリズムを持って居る。それの少しばかり不足しているかと思えるところには、その林の主《あるじ》である家の草屋根が一つ、それの単調を補《おぎの》うて居る。そうして、その豊かにもち上った緑の天鵞絨《びろうど》のような横腹には、数百本の縦の筋が、互に規則的な距離をへだてて、平行に、その丘の斜面の表面を、上から下の方へ弓形に滑りおりて、くっきりとした大名縞を描き出して居た。それは緑色の縞《しま》瑪瑙《めのう》の切断面である。それは多分、杉か檜か何かの苗床であるからであろう。だがそんなことはどうでもいい。ただ、この丘をかくまでに絵画的に、装飾風に見せて居るのには、この自然のなかの些細《ささい》な人工性が、期せずして、それの為めに最も著しい効果を与えられて居るのであった、ちょうど林のなかに家の屋根が見えて居ると同じように。そうして、この場合どこからどこまでが自然そのままのもので、どこが人間の労作が造ったものであるかは、もう区別出来ないことである。自然の上に働いた人間の労作が、自然のなかへ工合《ぐあい》よく溶け入ってしまって居る。何という美しさであろう！　それは見て居て、優しく懐しかった。おれの住みたい芸術の世界はあんなところなのだが……

「何をそんなに見つめて居らっしゃるの？」

彼の妻が彼に尋ねる。

「うん。あの丘だよ。あの丘なのだがね。」

「あれがどうしたの？」

「どうもしない……綺麗じゃないか。何とも言えない……」

「そうね。何だか着物のようだわ。」

この丘は渋い好みの御召《おめし》の着物を着て居ると、彼の妻は思って居る。

それは緑色ばかりで描かれた単色画であった。しかしこのモノクロオムは、すべての優秀なそれと全く同じように、ほとんど無限な色彩をその単色のなかに含ませて居た。そうして見て居れば見て居るほど、それの豊富が湧き出した。一見ただ緑色の一かたまりであって、しかもそれは部分部分に応じて千差万別の緑色であった。そうしてそれが動《うごか》し難《がた》い一つの色調を織り出して居た。譬えば一つの緑玉《りょくぎょく》が、ただそれ自身の緑色を基調にして、しかし、それの磨かれた一つ一つの面に応じて、各各相異った色と効果とを生み出して居る有様にも似て居た。

彼の瞳は、常に喜んでその丘の上で休息をして居る。

「透明な心を！　透明な心を！」

その丘は、彼の瞳にむかって、そうものを言いかけた。

或る日。その日は前夜からぱったり雨が止んで、その日も朝からうすぐもりであった。やがて正午前には、雲に滲《にじ》んで太陽の形さえ、かすかながら空の奥底から卵色に見え出した。

彼の妻は、秋の着物の用意に言寄《ことよ》せて、東京へ行って来ようと言い出した。彼の女は空の天気を案ずるよりも、夫の天気の変らないうちにと、早い昼飯をすませると、毎夜の憧れである東京へ、あたふたと出かけた。心は恐らく体よりも三時間も早く東京へ着いたに相違ない。

彼は、ただひとりぼんやりと、縁側に立って、見るともなしに、日頃の目のやり場であるあの丘を眺めて居た。その時その丘は、何となく全体の趣が常とは違って居ることに彼は気づいた。それはどうもただ天気の光だけではないのである。けれどもその原因は少しも解らなかった。と見こう見して居るうちに、彼はやっと思い出して、机のひき出しから眼鏡を捜し出した。彼は可《か》なりひどい近眼でありながら、近頃は折折、眼鏡をかけることさえ忘れて居るのであった。何ごともしない近頃の彼には眼鏡もほとんど用が無くなって居たから。そうして、つい眼鏡をかけずに居ることが、彼を一層神経衰弱にさせて居ることにも気づかずに。眼鏡をかけて見ると、天地は全く別箇《べっこ》のものに見え出した。今日は天地の間に何かよろこびのようなものを見ることが出来た。空が明るいからである。丘ははっきりと見えた。なる程。丘はいつもとは違って見える——丘の雑木林の上には鳥が群れて居た。うすれ日を上から浴びて、丘の横腹は、その凹凸が研ぎ出されたような丸味を見せて、滑らかに緑金《りょくきん》に光って居る。苗木の畑である数百本の立縞——なる程、違って居るのは其処《そこ》だ。その立縞の縞と縞との間の地面をよく見ると、その左の方の一角を要《かなめ》にして、上に開いた扇形に、三角形に、何時《いつ》もの地面の緑色が、どういうわけか、黒い紫色に変って居るのである。はて！　何時の間にこんなに変ったのであろう？　何のために変ったのであろう？　彼は、実に不思議でならない気持がした。彼は世にも珍らしい大事が突発したかのように、しばらくその丘の上を凝視した。その丘は、彼には或るフェアリイ・ランドのように思われた。美しく、小さく、そうして今日はその上にも不可思議をさえ持って居るではないか。

　こうしてしばらく見つづけて居ると、その丘の表面の紫色と緑色との境目のところが、ひとりでにむくむくと持ち上って、その紫色の領分が、自然と少しずつ延び拡がって行くようであった。なおも、瞳を見据えると——そうすると眉と眉との間が少し痛かったが——其処には、小さな小さな一寸法師が居て、腰をかがめては蠢動《しゅんどう》しながら、せっせとその緑色《みどりいろ》を収穫して居るのであった。あの苗木と苗木との列の間に、農夫が何かを作って置いて居たのであろう。しかし、見た目には、その農作物が刈りとられて居るというよりも、紫色の土が今むくむくと持上ってくるとしか、彼の目には感じられなかった。

彼は不可思議な遠眼鏡の底を覗いて、その中にフェアリイ・ランドのフェアリイが仕事をして居るのをでも見るように、この小さな丘に或る超越的な心持を起しながら、ちょうど子供が百色眼鏡を覗き込んだように、目《ま》じろきもしない憧れの心持で眺め入った。彼はとうとう煙草盆と座布団とを縁側まで持ち出して、このひとりでに持ち上る土の紫色を飽かず凝視した。紫色の土は湧くように持ち上る。あとからあとからと持ち上る。紫色の領土が、緑色の領土を見る見る片はじから侵略して行く。と、うすれ日はだんだんと明るくなって来る。不意に、夕日の光が、少しずつ晴れて来た西の方の雲の細い隙間から一かたまりに流れ迸《ほとばし》って、丘の上に当った。丘は舞うような光線のなかに急に輝き出す。その丘の上へ色彩のあるフウトライト[22]が投げられたかのように。丘の上ではフェアリイも、雑木林も、永い濃い影を地に曳《ひ》いた。そうしてフェアリイ・ランドの風景は、一層くっきりと浮き上った。今もち上ったばかりの紫色の土はオルガンの最も低い音色のような声をして、何か一斉に叫び出しそうに見える。

丘の頂の林のなかの草屋根は滑らかなものになって、そのなかから濃い白い煙が、縷《る》縷《る》と、ちょうど香炉の煙のように、一すじに立ち昇った。そうして、彼は今、うっとりとなってフェアリイ・ランドの王であった。

その天地の栄光は、自然それ自身の恍惚は、一瞬時の夢のように、夕日が雲にかくれた時に消えた。夕日は、雲から、次には一層黒い雲と遠い地平の果の連山の方へ落ち込んで行った。あの細い雲の隙間のところに、明るいかがやかな光の名残を残して。

気がついて見ると、丘はもうすっかり紫色に変って居る……フェアリイの仕事が終ったからだ……。見とれて居るうちに、あたりは何時《いつ》しかとっぷりと暗くなって居た。それでも彼の瞳のなかには、フェアリイ・ランドの丘だけが、依然として、闇のなかにくっきりと見えるように思う。

やがて、いつまでも見えるように思っていた丘も見えなくなった……

＊　　＊　　＊　　＊　　＊

彼が我にかえって、もうフェアリイ・ランドの王ではなかった時、闇は、遠い野や山の方から押し寄せて来て、それが部屋という部屋中へもうぎっしりとつめ込まれて居た。彼の身のまわりは全く暗黒であった。彼は先ず《ま》ランプへ灯《ひ》をともさなければと、煙草盆にあったマッチを擦った。そうして家中到る処でマッチを擦った。ランプのありかを求め捜す為《た》めであった。けれども何処《どこ》に置かれて居るのやら、それはどうしても見つからなかった。

一たい、この頃彼にはそんなことが実によくあった。ランプなどというそれ程大きなものではないにしても、その代りには今のさっきまで自分の手のなかに在ったもの、そうして使って居たもの、例えばペンであるとか、煙管《きせる》であるとか、箸であるとか、そんな風なものが、不意にどこかへ見えなくなるのである。そうして一時姿を晦《くら》まして居たそれらの品物は、後になって思いも寄らないような、その癖考えればごく当りまえな場所から、あるいはその時に注意深く捜した筈だと思える馬鹿げた場所から、ひょっくりと出て来る。しかし、捜す時には、実に意地悪く決してそれは姿を現わさない。そう言う事は誰にもよくある事である。しかし、この頃彼に起った程それほど屢屢《しばしば》は、決して誰にも起るものではない。彼にはこの頃そんな事が一日に少くとも二、三度は必ずあった。そのふとした事が、彼にその都度どんなにか重大に見えたであろう。実に不可解な、神秘とさえ考えたいような、むしろフェイタルとも言いたい程な出来事だ、とさえ彼には感じられるのであった。誰か目には見えない何者かが居て、その間ちょっとその品物を匿して居るという風にも思えた。そうして彼の持ちものが、こうして毎日二、三品ずつ位、身のまわりからひょっくり消え失せでもするように彼には感じられるのであった。それ故ランプの時にも、「またあれだな」と思いながら、彼はもうそれを捜すことを一先《ひとま》ず断念することにした。それは、妙に、断念すればする程早く出て来るようだから。彼はそこで気がついて、箪笥の上から手さぐりに燭台をとり下《おろ》した。それへ陰気な、赤い、揺れる火をともした。

その夜のような時に、そんな田舎で、しかもただひとりで居て、四方を未《ま》だ戸締りして居ない家が、彼を薄気味悪くした。——何とも知れない変な、それは泥棒などという素性の知れたものではない別種の侵入者、それは結局正体のない侵入者、それを自由自在に出入するに任せて居るような気がするのであった。戸袋というものはそれの性質上、家の隅隅《すみずみ》にあった。生れつき最も臆病な、その上更にこの頃ではそれの程度が、神経質な子供以外の普通の人間には到底同情、どころではない理解もされそうも無い程にまでなって居た彼には、家の隅というような場所さえ、不安なところに思えるには十分であった。彼がそこに立って一枚一枚と戸を繰って行くと、戸の走るその音が、野面《のづら》の方へ重く這って行って、そこで空虚に反響して居た。その音に脅えたのであろうか、今までは音無《おとな》しく睡入《ねい》って居たらしい彼の二疋の犬は、その時床の下からほの白く出て来るや否や、またいつものあの夕方の遠吠えを初めた……。十枚ぐらいもあるその縁側の戸を締めてしまって、もう一つ反対の側にある短い縁側の戸を締めようと、通抜けに六畳の座敷へ彼が足を踏み入れた時である。そこの床の間に、ちょこんと立って居た！　ランプが。今まであれ程捜して、ここだって念入りに捜した筈の場所ではないか！　いつものような小さなものででもあろう事か、こんな大きなものが。……そう思うと、彼は全く恐怖に近い或る感じがした。……これゃ、このランプにはうっかり手はつけられない。それを持とうと何の気もなしに手を差し延した刹那、それが自分の目の前で、ふいとまた見えなくなりでもするとしたならば……彼には、そんな事が想像された。その想像を馬鹿ばかしいと自制しながら、彼は思い切ってランプへ手を差し出した。ランプはいい工合に本ものであった。

ランプへ灯をともして、戸を締めてしまって、火鉢《ひばち》の前に来た時、彼の気がついたのは、お茶を飲もうにも湯がなかった。炭は真白な灰になり、昼間には滾《たぎ》り立《た》って呻《うな》りつづけて居た鉄瓶《てつびん》は、それのなかの水と一緒に冷えきって居た。それも当然の事である。彼の妻が十一時ごろに出かけて行った時、それを生《い》けて置いたままで、彼はそれっきり炭を次《つ》がなかったのだから。炭などは愚か、彼にはあのフェアリイ・ランドの丘以外には、世界に何も——自分自身でさえも無かったのだから。……いい按排《あんばい》にそれの遠吠えは今日は案外短かくて済んだと思った犬は、今度は二疋で、くんくんと鼻を鳴らし出して居た。これは彼等の夕飯の催促なのであった。空腹なのは彼等と猫とばかりではない。彼自身も先刻からの、妙に胸さわぎのするようなその臆病な気持も、うすら寒いのも、一つは確《たしか》にそれのせいに相違ないと考えた程に空腹なのであった。しかし、夕飯を食べるにしては、今夜は先ず飯を焚《た》かなければならなかった——不意に東京へ行くと言い出した彼の妻は、汽車の時間の都合でそれの用意はして置けない、と、くどくどと言い訳をして、停車場への行きがけにそれをお絹に頼んで行こうと言った。けれども、昨夜もお絹の身の上話のもう十遍目位を聞かせられて悩まされて居た彼は、妻には米を洗わせて水をしかけさせて、自分自身で焚くことにして居た。火のない火鉢の前に坐り込んで、彼は一晩ぐらい飯などは食わなくともいいと思った。けれども、こうして犬どもにせがまれて、この常に飢に襲われて居る者どもの空腹を想像して見た時、彼は飯を焚かずには居られなかった。この頃ではもううっかりして居るうちに日が暮れるのだから、早く用意をして置かなければ……と、そうも言い置いた妻の言葉を、彼は思い出しながら、自分を台所の方へ運んで行った。

彼は犬を鎖から放してやって、それを台所の方へ呼んで来た。うす暗い隅隅の多い台所は、彼ひとりではもの淋しかったからである。犬どもは彼等の主人の心持をよく知って居たかのように、土間にしゃがんでいる彼の傍へ来て、フラテも、レオも、二疋とも彼にすり寄って坐った。猫は猫で、そこの板間の端に来て彼の顔に近く蹲《うずくま》った。こうして彼の妙な一家族が、馬の蹄《ひづめ》のような形に高く積み上げられて土で出来た竈《かまど》の前にわびしく物言わぬ団欒《だんらん》をした時に、彼はやっと心丈夫に思えた。そうして彼は火を焚き出した。焚きつけだけはよく燃えた。それが燃え盛ると彼の心も明るくなった。けれども火は直ぐ消えてしまって、彼の投げ入れた二、三本の薪へは決して燃えつかない。彼はただ徒《いたずら》に焚きつけを燃した。永い間の雨で、薪は湿りきって居たからである。そうして焚きつけは——こんなもの位はもっとどっさり用意して置けばいいものを！　少ししか無かった焚きつけは、五、六遍くべて居るうちには既にもう屑《くず》も無かった。彼は考えついて石油の罐《かん》を持ち出した。びくびくしながら薪の上へ石油をぶっかけた。直ぐ石油は地の上から三、四寸浮いたところに大きな軽い火の塊をつくって、燃え立った。走るように燃えた。神経的に燃えた。それは全く何の精神統一もない人の――彼自身のような人の昂奮《こうふん》に髣髴《ほうふつ》として燃えた。思慮なく、理性を没却して、そのくせ力なく、ただ一気に燃えた。直《す》ぐにぐったりと気がくずおれて下火になった。石油はただそれがある間はそれ自身だけ燃えて、燃え尽きると、あれほど大きかった炎の塊は幾つかの小さなそれに分れ分れになって、それの一つ一つは薪の上つらを這って伝いながら、青く小さな炎がちらちらとそこを舐《な》めてしまったかと思うと、もう消えて居た。どす黒い臭《におい》とどす黒い色とを持ったその特有の煙、それは馬鹿げた感激の後に来る重い気分に似た煙が、一度にどっと塊《かたま》ってさもけだるげに昇った。それは猫がおどろいて立ち上り、二疋の犬は一様にそれから顔を反《そむ》けた程にどっさりであった。彼はその同じことをもう一度試みた末に、石油は薪に灌《そそ》がれたものよりも土の上に零《こぼ》れたものの方が、最後まで燃えて居るのを発見して(実際、彼は石油の燃え方に就て、いらいらした自分の感激の具象化を、例の病的な綿密さで丹念に、研究者のように見つづけたのである)彼は改めて竈の下から、石油の燃えたしるしに、それの上つらだけが黒く燻《いぶ》されて居る薪を竈の外へ、一たんとり出した。さて竈の底の灰の上へ思いきってあるだけの石油を灌いで置いてから、その土の上に薪を組み合せて積み上げた。さて燃えて居るマッチを一つかみ投げ込んだ。黒い煙の少しと大きな炎とが、釜の下を伝《つと》うて存分に吐き出された。そのうちにそれは少しずつ薪へ燃えうつり出した。

「うまい！　うまい！」

彼は思わず声を出して、そうひとり言を言った。その低い声を聞いて、フラテは彼の細く尖った顔を上げて、その意味を訊《ただ》すかのように彼の顔を見上げた。やっと、少しずつ燃えて来た薪は、それは心《しん》から動かされた人間の、力強い感激のように頼もしい炎であった。おお！　燃えて来る火というものはどんなにうれしいか。彼と彼の犬とは同じように瞳を輝かして、未開の人たちが神と崇《あが》めたその燃える火を見つめた。その時炎の上に濺《そそ》がれて居た彼の瞳に、ふと何の関聯もなしに、妻の後姿が、極く小さく――あのフェアリイほど小さく見えるような気がした。その燃える火のなかにいる彼の妻は、どうやら大変な人ごみのなかに居るように感ぜられる……。単なる想像ではなく、それは目さきにちらつく幻影に近い――幻影というのはこんなものであろうかと思えるような形で、そんな空想が思いがけなく彼に起った時に、ああ活動へ行って居るな！　と、彼には直覚的にそう思えた。その次には半ば彼自身の意志から、彼の空想は、東京のそのうちでも人気の多いような場所へ向いて行った。とその次の瞬間に、……もしや、自分自身も今ごろは、そんな人込みのなかを歩いて居るのではなかろうか、と、そんな有り得べからざることが極く普通の考えのように思い浮ぶ。……こんな処に、うす暗いうすら寒い台所の片隅に、竈の前へしょんぼりと蹈《かが》まって、思うようには燃えない炎をさっきからじっと見つづけて居る自分。まるで苦行者が苦行をでもつづけるように自分自身の気分を燃える炎のなかに見つめて、犬や猫にとり囲まれて蹲《うずくま》って居る自分。これはもしや本当の自分自身ではないので、本当のものは別にちゃんと何処かに在るので、ここの自分は何か影のような自分ではないのか！　そんな気持がひしひしと彼に湧いて来た。その心持が彼に滲入《しみい》った時に、冷たい感覚が彼の背筋の真中を、閃《ひらめ》くが如くに直下した。身のまわりのすべては、自分自身も竈《かまど》の炎も二疋の犬も猫も、眼を上げるとお櫃《ひつ》も手《て》桶《おけ》もランプも流しもとも悉《ことごと》くが、今、ふいと掻き消えはしないかと危ぶまれる。そうして怖る怖る身のまわりが振り返って見られる。壁の上には、彼自身と二疋の犬との三つの影が三方に拡がって、大きく黒く一面に映って、それが炎の燃えるまにまに、壁の面であるいは小さくあるいは大きくふるえる。それは小休《おや》みなく動く毎《ごと》に、それだけ少しずつ彼等の本体の方へ近づいて来て、それ等の本体を呑包《のみつつ》んでしまいそうに見える。と、彼の左側に居たレオは、突然ぬっくと立ち上ったが、煙を出すために少しばかり隙《あ》けて置いた戸の隙間からすり抜けて外の方へ出て行った。それから急にけたたましい短い声で吠え出した。耳を後に立ててその兄弟の声に注意したフラテも同じようにして出て行った。彼等は声を合せて吠えた。――目には見られない何者かが近づいて居ることを彼に告げでもするかのように。恐怖が彼を立上らせた。しかし、犬どもは直《じ》きにそれをやめて不興げな真面目な様子で、もとの座へ、彼の傍へ帰って坐った。

犬どものその様子が彼には不審でならなかった。彼は心を落着けると、少し身を延び上って、戸の節穴から、試みに、そっと外を窺《うかご》うて見た。すると、ほのかな闇を見透して居る彼の目に、柿の樹の幹のかげから黒い小さな人影が、不思議にも足音なしに現われて来た！　その人影が小さかったことが彼をいくらか安心させた。けれどもそれは正しく何の足音もない者であった！　しかし、それが動いて来て、戸の隙間から洩れて流れて居るランプの光につき当った時、それは別に奇異なものではなかった。それはお桑、彼の家へよく遊びに来る隣の家の十三になる女の子であることが確であった。けれども？　あのお喋りの、いつもずっと遠くから大声で呼ばわりながら駆け込んで来たり、犬の名を呼んだり、あるいは口笛を吹いたりしながら来る子、そうして夜になってからなどは決して遊びに来ない子が、今夜あんな風にして来る筈はない、と思うと、そのふわふわと近づくお桑は、やはり、奇異なものであった。彼はそれを確めようと呼んで見た——

「お桑さか？」

「おおっ！　びっくらした！　小父《おじ》さん居なったか。」

そう答えたのはやはりお桑であった。しかし、彼の呼んだのは妙に落着いた大きな声のひとり言のようであったのに対して、お桑の答えは実に仰山な叫びであった。その声で、今まで淋しさをこらえて居た彼が飛び上ろうとした程。お桑の声で安心した彼は、戸を開けた。外には突立ったお桑の妙な表情が明るく浮き出した。

「どうしたのだ、お桑さ。……うちで叱られたのか。」

「……」お桑は直ぐには返事をしなかった。けれどもやがてしばらくすると、小父さんは飯を焚いて居たのかとか、小母《おば》さんは何日《いっ》帰るかとか、この子はいつもの通りに喋り出した。そのうちに、お桑はふと思い出したかのように言った。「そうだっけ！　おら忘れて居ただ。今日おらあで風呂焚いただよ——お天気で、皆野良へ出ただもの。今焚いて居るんだよ。もうちっとしたらへえりに来なよ。……小父さんは妙な人だなあ、無え時にべえへえりたがって、ある時にはへえりたがんねえでねえか。」お桑はそんなことを言うと、そわそわと帰り出した。今夜ばかりは、お桑にでももっと喋って居て貰いたいと彼は思ったのに。その女の子は、五、六間歩き出した時には、

「小父さん。また降って来ただよう。」

と、もういつものとおりのお桑であった。お桑の奴は今ほっと安心をしたのだ、と彼は思った——彼には、風呂の事を聞いた時に、あの足音の無いお桑が、偶然にももう解って来て居たから。お桑の一家族は皆手癖が悪いという噂や、この頃外に積んで置く薪があまり減りすぎるという事や、時時の朝に、束《たば》から崩れて抜け落ちた薪が二、三本も井戸端にある、というような事を、彼の妻が言ったのを彼は思い合したのである。

そう解って見ると、そんなことは彼にはどうでもよかった。ただ、

「小父さん。また降って来ただよう。」

と言ったお桑の言葉と、あの時あのきっかけでひょくり柿の幹から現われた人影とし

てのお桑が、彼の心に残った。それよりも、彼がそれ程に苦心をした飯は、何か用具について居たのか、彼の手にあったのか、とにかく石油の臭《におい》が沁《し》み込んで居た。（お茶をかけて、ランプの光に透して見ては、別に何も浮いては居なかったが。）彼には、それはどうしても一杯しか食えなかった。その夜は、飯にばかりではない、夜着の襟も、枕も、彼の肩のところも、彼の口のなかも、空気そのものも、彼の腕にぴくぴくと小さな心臓の鼓動を伝えて彼の傍に来て眠って居た猫も、皆石油くさかった。そうしてそのあるかないかの臭が、夕飯の代りにと沢山に彼が飲んだ茶の作用と結びついて、それが極く微かなだけに、彼をひどく昂奮させた。臭いはあると思えばあった、無いと思えばなかった。……ふと、夕方ランプを捜そうとして方方でマッチを擦ったことや、火を燃そうとして石油を弄んだことを思うと、釜を竈から下した時それの尻にちらちらと動いて居た小さな火の粉の行列を面白がったことと言い、この部屋にみなぎる石油の臭と言い、そう思って見るとお桑が薪を盗みに来たことまで、何でもかでも皆、今夜この家から火事が出るという事の予覚に思えてならない。……空気のなかには、既にそういう用意が出来ていて、それが彼の官能には仮に石油の臭いになって訴えられて居る。とそんな風にも思える。とうとう……こんな家ぐらい燃え上がってしまえ。火事というものは愉快なものだ。いやいや、そんなことを考えると本当に火事が出る、とも思う……。もし火事が出たら、真先きに犬どもを鎖から放してやらなければ彼等は焼け死ぬ、と思う。その時になって狼狽するといけないから、今のうちから用意に放して置いてやろうかとも思う。……大丈夫火事になどはならないとも思う。……何しろ早く夜が明ければいいとも思う。そんなことを思う傍に別の心があって、本当に妻は活動写真へ行ったろうかと思う。今日の昼間のあのフェアリイの仕事をして居る姿を思い浮べる。と、夕日がぱっと丘に照ったことから、それの色からまた火事の事が思われて来る……。彼は自分自身で、それを、未だ睡入《ねい》らずに考えて居るようにも感じ、もう眠って居て夢のなかで考えて居るようにも思った。そうしてそれが果してどちらであったやら、後になって見ると更に解らない。——

*　　*　　*　　*　　*

或る雨の晴れた晩であった。それはもっと後の日であったか、それともここに書くのが順当な頃であったか解らない。とにかく或る雨の晴れた晩であった。大きな円い月が、あの丘の上から、舞台の背景のせり出しのように静に昇って来たことがあった。

その晩は犬が二疋ともいつもよりももっと悲しげに、もっと激しく吠えた。

彼は、それらの犬どもを遊ばせるつもりで庭へ出た。庭からまた外へ出た。空に月が出て居ることが彼の心を楽しくして居た。月はほとんど中天に昇って居た。空は東の方がからりと晴れて、西の方へ行くほど曇ってその果は真黒であった。大きな空が一刷毛《ひとはけ》でぼかされて居た。彼は月をつくづくと見上げた。そうして歩いた。遠い水車の音が、コットン、コットン、コットン、と野面を渡ってひびいて来た。フェアリイ・ランドの丘の女の脇腹は、月の光が細かく降りそそがれて、それは濡れて光って居た。彼は彼の家の前の街道を幾度も幾度も往ったり来たりして歩いた。月を背にして自分の短い影を見た。または、自分の影は見ないで涯《はて》しのない月の中を見つめて歩いたりした。二疋の犬は彼の後について、二疋で互にふざけ合いながら、嬉嬉として戯れて居た。彼が立ちどまると、二疋の犬は、立って居る彼のぐるりを、追っかけ合って廻った。彼は水のせせらぎに耳を借《か》した。路の傍に、彼の立って居る足の下に、あの道に沿うた渠《みぞ》である細い水が、月の光を砕きながら流れて居た。それは大きな雲母《きらら》の板か何かのように黒く、そうして光って、音を立ててふるえて居た。ふと、南の丘の向う側の方を、KからHへ行く十時何分かの終列車が、月夜の世界の一角をとどろかせ、揺がせて通り過ぎた。その音がしばらく聞かれた。この時、彼にはもの音が懐しかった。月の光で昼間のように明るい、いや雨の日の昼はこれよりずっと暗い――野面を越えて、彼は南の丘の方へ目を向けた。……今、物音の聞えたところ、丘の向う側には素晴らしく賑やかな大都会がある。……其処には、家家の窓から灯が、きらきらと簇《むらが》って輝いて居る……。彼は不意に何の連絡もなく、遠い汽車のひびきを聞いただけで、突然そんな空想が湧き上って来た。そう言えば、一瞬間、ほんの一瞬間、その丘のうしろの空が一面に無数の灯の余映か何かのようにぽっと赤くなった……かと思うと、すぐに消えた。それは実際神秘な一瞬間であった。

「俺は都会に対するノスタルジアを起して居るな?」

彼は、そう思いながら、その丘から目をそらした。そうしながら、見ると彼の突立っている一筋の路の前方から、或る黒い人影が彼の方へ歩いて来つつあった。それは彼とは二町ほど距《へだ》てて居た。彼はそれを見つめながら、月の光のなかをそんな風な打開けた場所を人の通って来るのを、何ということなく気味悪く思った。そうして月夜は闇夜よりも物凄いと思った。と、その時、その人影の方から、

「ヒュウ！」

と、一声、ただ一声、高く口笛が聞えて来た。すると彼の犬は二疋とも、突然疾風のような勢《いきおい》で、その人影の方へ駆け出した。それが先ず彼には非常に不愉快であった。これらの犬は彼、即ち犬どもの主人の呼ぶ時より外には、今まで決して他の人の方へは行こうとはしなかったからである。それがその夜に限って、この一声の口笛を聞くと、飛ぶように駆け出す。彼は或る狼狽をもって、

「ヒュウ！」

と、同じように一声高く口笛を吹いた。犬をよび返すためである。彼の口笛を聞くと、犬も気がついたらしく、慌てて彼の方へ引き返した。

「フラテ！」

人影はそう言って、犬の名を呼んだ。

「フラテ！」

彼も慌てて、同じく犬の名を呼んだ。

彼のそう叫んだ声は、妙に、あの人影の声とそっくりであった。そうして直ぐに同じ言葉を呼び返した為めに、彼の声は、ちょうど人影の声の山彦のように響いた。二

つの声は、この言い現し難い類似をもって全く同一なものだと彼自身にさえ感じられた。それを犬でさえもそう聞いたに相違ない。一旦、駈け出した犬は、人影を慕うて行ったまま帰って来なかった。

彼は呆然と路の上に立って、その人影を確めようと眼を瞠《みは》った、人影は、路から野面の方へ田の畔《あぜ》をでも伝うらしく、石地蔵のあるあたりから折れ曲った。そうして！何という不思議であろう！　その人影は、明るい月夜のなかで、目を遮るものもない野原のなかで、忽然《こつぜん》と形が見えなくなった。

「あっ」と叫び声を、口のなかに噛み殺して、彼は家の門へ、家のなかへ、一散に駆け込んだ。

「……この村では誰も俺の犬の名を覚えて居る筈はないのだ。呼びにくい名だから。いや、子供が知って居る。けれども彼等は、「フラテ」という名を「クラテ」と訛《なま》って覚えて居る筈だ。たとい、名を呼ばれても、俺の犬は俺以外の人間の方へ行く筈はないのだ。たとい、行くとしても、俺が呼び返せばきっと俺の方へ帰ってくる筈なのだ。今までこんなことは一度もない。」彼は一人でそう考えた。「……それにあの人影は何だって、不意にかき消すように見えなくなったのであろう？……もしや、あの時俺が、この俺自身の同一人が二人の人間に別れたのではなかったか？　離魂病という病気はほんとうにある事であろうか？　もしそうだとすると、俺は、もしや離魂病にかかって居るのではなかろうか。犬というものは物音を聞《き》き別《わ》けるのには微妙な能力を持って居なければならない筈だ。わけて主人の声はちゃんと聞きわける筈だが……」

彼の心臓の劇《はげ》しい鼓動は、二十分間以上もつづいた。彼はどういうわけか時計の振子の動くのを見つづけながら、離魂病に就てのさまざまな文学的の記録や、あるいは犬のことなどを考えつづけて、心臓の鎮まる時間を待った。心がやっと落着くと、彼は妻に命じて、犬がいつもの通りに縁の下に居るかどうかを見させた。犬があのまあの人影について行って、もう何時《いつ》までも帰らないように思えたからである。犬はそこには居なかった。けれども彼の妻が呼んだ時には、彼等は運よく（と彼は思った）帰って来た。彼は月はまだ出て居るかと聞いた。月は出て居るという妻の返事であった。

翌日の朝になって、彼は昨夜の出来事を彼の妻に初めて話した。彼はその夜のうちには、それを人に話すだけの余裕もないほど怖《おそろ》しかったからである。この話を聞いた彼の妻は、可笑《おか》しがって彼を腹立たしくしたほど笑った。突然、人影が見えなくなったというのは、犬がその人の足もとまで懐いて来たので、誰かその人が、犬の頭を撫でようと身を屈《かが》めたに相違ない。その為めに畔道を歩いて居た人は、田の稲のかげに匿されて形が見えなくなったのであろう。と、そういうのがこの事に就ての彼の妻の解釈であった。成程、それが適当な解釈らしい、と彼も考えた。しかしその瞬間に感じた奇異な恐怖は、その説明によって消されはしなかった。

* * * * *

一度こういう事もあった——

或る時、夜ふけになってから、ランプの傍へ蛾《が》が一疋慕い寄った。養蚕《ようさん》の盛んなこの地方では、この頃になって、この虫がよく飛んで居たものである。彼はこの虫を最も嫌って居た、常から。以前にも一度、この虫が彼のランプへ来た時、彼は手製の蠅たたきでこの虫をたたいた。その場に圧しつぶされたこの虫は、眉の形をしたまた櫛《くし》の歯のような形でもあるそれの太い触角を、何とも言えず細かくびりびりとふるわせると、最後の努力をもってくるりとひっくりかえって、その不気味なぶよぶよな腹の方を曝《さら》け出《だ》すと、六本程ある彼の小さな脚を、何かものを抱き締めようとでもする形で一度に、ぴく、ぴく、と動《うご》か し、また時時には翅《はね》に力を入れて彼の腹を浮き上らせ、その触角と脚と翅と腹とのそれぞれに規則的とも言うべき小さな動作をいつまでもいつまでも続けて、その死の苦悶を彼に見せつけた事があった。それは小さなものながら、それを見守った彼を物凄く思わせるには充分であった。それ以来彼は殊にこの虫を厭《いと》い、怖れて居るのであった。

この虫の、灰色の絖絹《ぬめぎぬ》のような毛の一面に生えた、妙に小さな頭、そこの灰黒色のなかに不気味に、底深く光り返って居る真赤な、小さな、少しとび出した眼。べったりと吸いついたようにランプの笠の上へ翅を押しつけてじっとして居る一種重苦しい形。それが、急に狂気の発作のように荒荒しくその重い翅を働かす有様。それからいくら追い払っても全く平然として厚顔に執念深く灯のまわりを戯れまわる様子。それがランプの直ぐ近くで、死の舞踏のような歓喜の身悶えをする時には、白っぽくぼやけた茶色の壁の上を、それのグロテスクな物影が壁の半分以上を黒くして、音こそは立てないけれども、物凄く叫び立てて居る群集のように騒騒しく不安に狂いまわった。

彼の追《お》い退《の》けるのをのっそりと避けて、障子の上の方へ逃げて行ってしまうと、今度はその厚ぼったい翅でもって、ちょうど乱舞の足音のように、ばたばた、ばたばた、と障子紙を打ち鳴した。

彼は、蛾が静かになるのを見すまして、新聞紙の一片でやっとそれを取り押えた。そうして、その不気味な虫を、戸を繰って外へ投げ捨てた。たたき殺すことはもう懲りて居たからである。

けれどもものの十分とは経たないうちに、その蛾は(それとも別の蛾であるか)再び何処《どこ》かから彼のランプへ忍び寄った。そうして再び、怖ろしい、黒い、重苦しい、騒騒しい翅の乱舞を初めた。彼はもう一度、その蛾を紙片で取り押えた。さて再び戸を繰って窓の外へ投げ捨てた。

けれども、またものの十分とも経たないうちに、蛾は三度《みた》び何処かから忍び寄った。それは以前に二度まで彼をおびやかしたと同一のものであるか、あるいは別のものであるかは知らないが、さっきあれほどしっかりと紙のなかにつつみ込んで握りつぶしたものが、出て来ることは愚か、生きている筈も無さそうだから、これは全く別の蛾であったろう。とにかく、二度、三度、四度まで彼のランプを襲うた。……この小さな飛ぶ虫のなかには何か悪霊が居るのである。彼はそう考えずには居られなくなった。そう思えだすと、もう一度自分でそれを取圧《とりおさ》えることは、彼には怖ろしくて出来なくなった。そこで、わざわざ妻を呼び起して、この虫を捕えさせた。それから、一枚の大きな新聞紙で捕えられているそれを妻の手から受け取った彼は、この小さな虫を、その大きな紙で幾重にも幾重にも捲き込んで、更にもう一枚新聞紙を費して極く念入りに折り畳み込んだ。そうして今度は戸の外へは捨てないで机の上へ乗せ、それからその上へ厚い古雑誌を一冊乗せて置いた。

こうして、やっと初めて安堵して、彼は寝牀に入った。

しばらくして、眠《ね》つかれないままに、燭台へ灯をともすと、その時ひらひらと飛んで来て、嘲るように灯をかすめたものがある。それも蛾であった！

＊　＊　＊　＊　＊

彼は眠ることが出来なくなった。

最初には、時計の音がやかましく耳についた。彼は枕時計も柱時計も、二つともとめてしまった。全く、彼等の今の生活には、時計は何の用もないただやかましいだけのものにしか過ぎなかった。それでも、彼の妻は、毎朝起きると、いい加減な時間にして時計の振子を動《うごか》した。彼の女は、せめて家のなかに時計の音ぐらいでもして居なければ、心もとない、あまり淋しいというのであった。それには彼も全く同感である。何かの都合で、隣家の声も、犬の声も、鶏の声も、風の音も、妻の声も、彼自身の声も、その外の何物の声も、音も、ぴったりと止まって居る瞬間を、彼は屢屢《しばしば》経験して居た。その一瞬間は、彼にとっては非常に寂しく、切なく、むしろ怖ろしいものであった。そんな時には、何かが声か音かをたててくれればいいがと思って、待遠しい心持になった。それでも何の物音もないような時には、彼は妻にむかって無意味に、何ごとでも話しかけた。でなければ、

「うん、そうだ」

と、こんな意味のないひとりごとを言ったりした。

けれども夜の時計の音は、あまり喧《やかま》しく耳について、どうしても寝つかれなかった。それの一刻《ひときざみ》の音毎《ごと》にそそられて、彼の心持は一段一段とせり上って昂奮して来た。それ故、彼は寝牀に入る時には、必ず時計の針をとめることにした。そうして毎朝、妻

は、夫のとめた時計を動かす。夫は、妻の動かした時計をとめる。時計を動かすことと、止めることとと、それが毎朝毎夜の彼等各《おのおの》の日課になった。

時計の音をとめると、今度は庭の前を流れる渠《みぞ》のせせらぎが、彼には気になり初めた。そうして今度はそれが彼の就眠を妨げるように感じられた。毎日の雨で水の音は、平常よりは幾分激しかったであろう。ある日、彼はその渠のなかを覗いて見た。其処《そこ》には幾日か以前に——彼がこの家へ転居して来たてに、この家の廃園の手入れをした時に、渠の土手にある猫楊《ねこやなぎ》から剪《き》り落《おと》したその太い枝が、今でも、その渠のなかに、流れ去らずに沈んで居て、それが篩《しがらみ》のように、水上《みなかみ》からの木の葉やら新聞のきれのようなものなどを堰《せ》きとめて、水はその篩を跳《おど》り越《こ》すために、湧上り湧上りして騒いで居た。あの騒騒しい夜毎の水の音は、成程この為めであった。ひとりでそう合点して、彼は雨に濡れながら渠のなかに這入って、その枝を水の底から引き出した。沢山の小枝のあるその太い枝の上には、ぬるぬるとした青い水草が一面に絡んで上って来た。彼はそれを一先《ひとま》ず路傍へひろい上げた。さてもう一度、水のなかを覗くと、今まで猫楊の枝の篩にからんで居た木の葉やら、紙片やら、藁くずやら、女の髪の毛やらの流れて行く間に雑《まじ》って、其処から五、六間の川下を浮きつ沈みつして流れて行く長いものが、ふと目にとまった。

見れば、それはこの間の晩、酔っぱらいと口争いをしたあの晩、犬を打ってから水のなかへたたきつけたあの銀の握《にぎり》のある杖であった。

彼は不思議な縁で、再びそれが自分の手もとにかえったことを非常に喜んだ。何ということなく恥しく、馬鹿ばかしくって、それを無くしたことを妻にも隠して居たのに、つい浮っかり話してしまったほどであった。そうして彼は考えた——あの騒騒しい水音は、きっと、この杖のさせた声であろう。杖はそうすることに依って、それを捜し求めて居る彼に、杖自身の在処《ありか》を告げたのであろうと。

彼はその杖を片手に持って、とどこおりなくひた押しに流れて行く水の面をじっと見た。これならば、今夜はもう静かだ、安心だと思った。しかし、それは間違いであった。その夜も、前夜よりは騒がしいかと言っても、決して静かではないせせらぎの音が、それはもともと極く微かなものであるのに、彼にはひどく耳ざわりで、それが彼の睡眠を妨げたことは、前夜と同じことであった。

けれども、そのせせらぎの音は、もうそれ以上どうすることも出来なかった。

その外に、もう一つ別に、彼の耳を訪れる音があった。それは可《か》なり夜が更けてから聞える、南の丘の向側を走る終列車の音であった。しかも、それはよほどの夜中なので――時計は動いて居ないから時間は明確には解らないけれども、事実の十時六分？にT駅を発して、直《す》ぐ、彼の家の向側を、一里ほど遠くに、丘越しに通り過ぎる筈の終列車にしてはそれは時間があまりに晩《おそ》すぎた。そればかりかそれは一夜中に一度ではなく、最初にそれほどの夜更けに聞いてから、また一時間ばかり経過するうちに、また汽車の走る音がする。どうしてもそれは事実上の列車の時間とは、すべて違って居る……たとい、それが真黒な貨物列車であっても、こんな田舎鉄道が、こんな夜更けに、それほど度度《たびたび》貨物列車を出す筈はない。そうして、それほどはっきり聞かれる汽車の音を、彼の妻は決して聞えないと言う。その汽車の遠いとどろきがひびいて来る時には、その汽車のなかには、こんな田舎へ、彼を、思いがけなくも訪ねて来る友人があって、その汽車のなかに乗っているような気がしてならない。そうして実際にそう言うことがあるとしたならば、それは誰であろう。Oであろうか？……Eであろうか？……Tであろうか？……Aであろうか？……Kであろうか？……彼は、思い出せるだけの友人を思い出して見た。けれども誰もそんな人はありそうも無かった。しかし、人が――誰か知って居る人が、ひとり車窓に倚《よ》りかかって居る様子が、彼には実にはっきり想像された。そうして妙なことは、それがふと彼自身に思えるような晩もあった――そんな形でそこに腰をかけて居る人は。そうしてそれが彼の耽奇《たんき》的《てき》な空想に、怖ろしい、しかし魅惑のあるポオの小話(23)の発端を与えた。

時計のセコンドの音。渠のせせらぎ。汽車の進行するひびき。そんな順序で、遂に彼はその外のいろいろな物音を夜毎に聞くようになった。その重なるものの一つは、彼が都会で夜更けによく聞いた、電車がカアブする時に発する、遠くの甲高《かんだか》な軋《きし》る音である。それが時時、劇しく耳の底を襲うた。或る夜には、うとうと眠って居て、ふと目が覚めると、直《じ》き一丁ほどのかみにある村の小学校から、朗らかなオルガンの音が聞え出して来た。もう朝も遅くなって、唱歌の授業でも始って居るのかと、あたりを見ると、妻は未《ま》だ睡入《ねい》って居る。戸の隙間からも朝の光は洩れて居ない。何の物音も無い……そのオルガンの音の外には。深夜である。睡呆《ねぼ》けて居るのではないかと疑いながら一層に耳を確めた。オルガンの音は、正にそれの特有の音色《ねいろ》をもって、爽やかに、甘く、物哀れに、ちょうど晩春の夕方のような情調をもって、よく聞きなれた何かの進行曲を、風のまにまに漂わせて来るではないか。彼は恍惚としてその楽《がく》の音《ね》に聞き惚れて居た。或る夜にはまた、活動写真館でよく聞く楽隊の或る節が……これもやはり何かの進行曲であるが……何処からとしもなく洩れ聞えて来た。それ等の楽の音を感ずるようになってからは、水のせせらぎは、一向彼の耳につかなくなった。そうして彼はもう眠ろうという努力をしない代りに、眠れないということも、それほどに苦しくはなかった。それ等のもの音は、電車のカアブする奴だけは別として、その外のは皆、快活な朗らかな、あるいは幽遠な、それぞれの快感を伴うて居た。彼はそれらの現象を訝《いぶか》しく感ずるよりも前に、それを聴き入ることが、むしろ言い知れない心地よさであった。就中《なかんずく》、オルガンの音が最もよかった。次には楽隊のひびきであった。それから寒詣りの人が敲《たた》くような鐘の微かな音が続いたこともあった。オルガンの音は二、三度しか聴かれなかったけれども、楽隊はほとんど毎夜欠かさずに洩れ聞えた。彼はそれを聞き入りながら、ついそれの口真似を口のなかでして、その上、臥《ね》ている自分の体を少し浮上がらせる心持にして、体全体で拍子をとっていた。それは一種性慾的とも言えるような、即ち官能の上の、同時に精神的でもある快楽の一つであるかのようであった。もしそれが修道院のなかで起ったのであったならば、人人はそれを法悦と呼んだかも知れない。

幻聴は、幻影をも連れて来た。あるいは幻聴の前触れが無しにひとりでも来た。

それの一つは極く微細な、しかし極く明瞭な市街である。それの一部分である。ミニアチュアの大きさと細かさとで、仰臥《ぎょうが》して居る彼の目の前へ、ちょうど鼻の上あたりへ、そのミニアチュアの街が築かれて、ありありと浮び出るのであった。それは現実には無いような立派な街なので、けれども、彼はそれを未だ見たことはないけれども、東京の何処かにこれと全く同じ場所がきっとありそうに想像され、信じられた。それは灯のある夜景であった。五層楼位の洋館の高さが、僅に五分とは無いであろう。それで居て、その家にも、それよりももっと小さい――それの半分も三分の一の高さもない小さな家にも、皆それぞれに、入口も、灯のきらびやかに洩れて来る窓もあった。家は大抵真白であった。その窓掛けの青い色までが、人間の物尺《ものさし》にはもとより、普通の人の想像そのもののなかにもちょっとはありそうもないほどの細かさで、しかも実に明確に、彼の目の前に建て列ねられた。いやいや、未だそればかりではない。それらの家屋の塔の上の避雷針の傍に星が一つ、ただ一つ、きっぱりと黒天鵞絨《くろびろうど》のなかの銀糸の点のように、鮮かに煌《かがや》いて居る……。不思議なことには、立派な街の夜でありながら、どんな種類にもせよ車は勿論、人通り一人もない……柳であろう街樹の並木がある。……しんとした、その癖、何処にとも言えない騒がしさを湛えて居ることは、その明るい窓から感じられる……その家はどういう理由からか、彼には支那料理の店だと直覚が出来る……それをよくよく凝視して居ると、その街全体が、一旦だんだんと彼の鼻の上から遠ざかって、いやが上に微小になり、もう消えると見るうちに、非常な急速度で景色は拡大され、前のとそのままの街が、非常な大きさに、ほとんど自然大に、それでもまだやまずにとめどなく巨大に、まるで大世界一面になって……それをぼんやり見て居ると、その街はまた静かに縮小して、もとのミニアチュアの街になって、それとともに再び彼の鼻の上のもとの座に帰って来た。彼はこうして数分間か、それとも数秒間に、メルヘンにある小人国から巨人国へ、それから再び、巨人国から小人国へ、ただ一翔《ひとかけ》りで往復して居る心地がした。その市街が巨人国のものになった時に、彼自身の眼と眼との間の幅も一度に広くなって――ちょうど巨人ののものようになって、その為めに眼界も一度に拡大されるような気のすることもある。何かの拍子に、その幻の街が自然大位の巨大さで、ぱったり動かなくなる時がある。彼は、突然、実際そんな街へでも自分は来て居るのではなかろうかと、慌てて手さぐりでマッチを擦って、闇のなかで自分のすすけた家の天井を見わたした事があった。

　それらの風景は、屢屢《しばしば》彼の目に現れた。それの現われる都度、それは前度のものとは決して寸毫《すんごう》も変ったところがなかった。それもこの現象に伴うところの一つの不思議であった。或る時には、稀《まれ》に、その風景の代りに自分自身の頭であることがあった。自分の頭が豆粒ほどに感じられる……見る見るうちに拡大される……家一杯に……地球ほどに……無限大に……どうしてそんな大きな頭がこの宇宙のなかに這入《はい》りきるのであろう。と、やがてまたそれが非常な急速度で、豆粒ほどに縮小される。彼はあまりの心配に、思わず自分の手で自分の頭を撫で廻して見る。そうしてやっと安心する。滑稽に感じて笑《わら》い度《た》くなる。その刹那に Key-y-y-y と電車のカアブする音が、眉の間を刺《さ》し徹《とお》す。

これら幻視や、幻感は、しかし、幻聴とはさほど必然的な密接な関係をもって現われるものでは無いらしかった。一体に幻聴の方は、彼にとって愉快であったに拘わらず、こんな風に無限大から無限小へ、一足飛びに伸縮する幻影は、彼にさえ不気味で、また悩《なやま》しかった。

これらの怪異な病的現象は、毎夜一層はげしくなって行くのを彼は感じた。彼はそれ等の現象を、彼の妻から伝わって来るものだと考え始めた。汽車のひびき。電車の軋る音。活動写真の囃子《はやし》。見知らぬしかし東京の何処かである街。それ等の幻影は、すべて彼の妻の都会に対する思いつめたノスタルジアが、恐らく彼の女の無意識のうちに、或る妖術的な作用をもって、眠れない彼の眼や耳に形となり声となって現われるのではなかろうか、彼はそう仮想して見た。それは最初には、ほんの仮想であった。けれども、何時《いつ》とはなく、それが彼には真実のように感ぜられ出して来た。それだから、妻の何時も居る台所の方には東京のことの空想が一ぱい充満して居て、いつかの夕方ひとりで飯を焚いた時に、ふとあんな事が思い出されたのだ。と、彼はそんなことをも考えた。彼自身の如く、ほとんど無いと言ってもいい程に意志の力の衰えて居る者の上に、意志の力のより強い他の人間の、あるいはこの空間に犇《ひし》めき合って居るという不可見世界のスピリット達の意志が、自分自身のもの以上に、力強く働きかけるということはあり得べき事として、彼はそれを認めざるを得ないように思った。生命というものは、周囲にあるすべてのものを刻刻に征服し、それを食って、それのなかの力を自分のなかに吸引して、しかもそれを十分に統一して行く或る力である。肉体的には明らかにそうである。霊的にだって、精神的にだってそうに違いない。そうして今や、他のものを吸集し統一する作用を持った神秘な力は、彼からだんだんと衰えて行きつつあった。むしろ彼は今まで持って居る己自身を刻々に発散しているのみであった。

彼が、闇というものは何か隙間なく犇《ひしめ》き合うものの集りだ。それには重量があると気附いたのもこの時である。

こんな風にして、彼の喜怒哀楽や恐怖は、現世界に生存して居る他の人人のそれとは、全く共通しがたい何物かになって行った。孤独と無為とこの兄弟は、実に奇異な力を持って居るものである。――もし自分が今、修道院に居るとしたならば? と、彼は或る時そう考えた。……もし、彼が彼の妻と一緒にこんな生活をしているのではなく、永貞童女である美しいマリヤの画像を毎日礼拝しながら、この日頃のような心身の状態に居たならば、夜の幻影は、それは多分天国のもの、その不快なものは地獄のものであったろう。そうして画像のなかのけ高い優しい脣《くちびる》は生きて彼にものを言いかけたであろう。そうして悩ましいもののすべては、画家スピネロオ・スピネリイ(24)が描いたという悪魔の醜さ厭わしさ怖ろしさをもって彼に現われ、彼の目の前に出没して、彼を苦しめたであろう。また、あの一時《とき》の睡眠をも持たない夜が、戸の隙間からほのかに明け渡った時に、ふと小鳥のしば鳴きを聞くあの淋しい、切ない、しかしすがすがしい、涙を誘おうとするような心持は、確かに懺悔心《ざんげしん》になったであろう。修道院という処《ところ》では、それの生活の様式も思想の暗示も、すべてがそんな風な幻影を呼び起すように、呼び起し易いように、呼び起さねばならないようにと、それらの色色の仕掛けで出来て居たのだから……。

彼はそんな事をも考えた。しかし、その考えは、この当座よりももっと後になって纏《まとま》った。

＊　　＊　　＊　　＊

ふと彼の目の前へ人間の足の形が浮んで来た。……足だけが中有《ちゅうう》に浮いて居るようであった。それはどれほどの大きさであったか解らないが、それの大きさに就て、別だん注意を呼ばなかったところを見ると、普通の人間のものぐらいであったであろう。それは白い素足で美しかった。それを見て居るうちに……つと、白い手の指がまた現われた。それはエル・グレコ(25)の画によくあるような形をした手なので、拇指《おやゆび》と人差指とが何か小さなものを撮《つま》んでいる指であった。……そのうちに手の方は消えたが、ただ さっきの足だけがやはりそこに動いて居て、それがぴょこぴょこと、何かを踏むように動き出した。動く度ごとに爪先が上下して、そこに力がはいって、その都度足の指は尺取虫のようにかがんだり伸びたりする。……実に変な夢だなあ、と、彼は夢のなかで考えた。そうだ！　そうだ！　これゃ王禅寺(26)の方へ遠足した時、道に迷うて這入って行った家の糸とり娘の足だ。それの手だ。糸とり台を踏んで居るのだ。紡がれて出る糸すべをつまんで居る手つきだ。……そう思うと、またその手の指が現れて来る。田舎には珍らしい白い手や足だった……ちらと彼を見上げた時には、いい顔をして居た。あそこへ行く途中、どこかで夕立がして……虹が浮んだ……山の中でそれを見た。あの娘は年は十六位だった……もっとはっきり、手や足だけではなしに姿もすっかり見えて来ればいいがなあ……。その動揺する白い素足だけの夢を見つづけて、そんな風なことを思い出して居ると、突然、あたりが一面に赤く明るくなって……と見ると、燭台の火が眩《まぶ》しく彼の目に射込《さしこ》んで来た。彼は目が覚めた。彼の妻は障子をあけて縁側から這入って来る所であった。便所へでも行って来たのであろう。

「もっと気を附けてくれなけりゃいけないじゃないか、何日《いっ》も言うとおり。俺は灯がちょっとでも目に這入ると直ぐ目が覚めるじゃないか。たった今せっかく寝ついた所だのに。」

妻の方を見上げながら、眩しい目をしばたたいて彼はがみがみ小言をいった。

「私、気をつけて居たつもりだったけれど。……あなた、きっと目をあけたままで睡《ねむ》って居らっしゃるのね？」

妻はそんな事を言って、今更慌ててその灯を吹きけした。

「王禅寺がどうなすったの？　あなた、今寝言をおっしゃってよ。」

「いつ？」

「つい今、私が灯をともそうと思ってマッチを擦った時。」

彼は馬鹿ばかしい気がした。夢のなかで綺麗な足だと思って見たのは、きっと妻の足を見て居たのだ。おれは枕を外してしまって、畳の上へじかに横顔を押しつけて寝て居たらしいから。妻の足が歩いて行くのを見て夢だと思って居たのだ。彼はそう気がついた。それにしても、王禅寺の近所の一軒家に糸をとって居た娘——その時には、そんな場所に美しい小娘が居て、淋しく、つつましく糸を紡いで居るのを面白いと思ったが。それっきり全く忘れてしまって居た娘が、半意識の間に思い出されて来たのを、彼は珍らしく思った。

これは一例である。この時ばかりでは無い。その頃、彼はどうかして睡りたいと思うと、よくこんな眠りを眠って居るのであった。

＊　＊　＊　＊　＊　＊

「決して熱なんかは無くってよ、反《かえ》って冷たい位だわ。」

彼の額へ手を翳《かざ》して居た彼の妻は、そう言って、手を其処からのけて、自分の額へ手を当てて見て居た。

「私の方がよっぽど熱い。」

それが彼には、反って甚だ不満であった。試みに測って見ようと、験温器を出させて見ると、それは度度《たびたび》の遠い引越しのために折れて居た。

もし熱のためでないとすれば、それはこの天気のせいだ、このひどい風のせいだ。と彼は思った。全くその日はひどい風であった。あるかないかの小粒の雨を真横に降らせて、雲と風自身とが、吹き飛んで居た。そのくせ非常に蒸暑かった。こんな日には、彼は昔から地震に対する恐怖で怯《おび》えねばならなかったのだけれども、今日はこの激しい風のためにその点だけは安心であった。しかし、風の日は風の日で、またその特別な天候からくる苛立《いらだ》たしい不安な心持が、彼を胸騒ぎさせたほどびくびくさせた。

　猫よ、猫よ。あとへあとへついて来い！
　猫よ、猫よ。おくへおくへすっこめ！

　ふと、劇《はげ》しく吹き荒れる大風の底から一つの童謡の合唱が、ちぎれちぎれに飛んで来た。それらは風のかたまりに送り運ばれて、杜絶《とだ》え勝ちに、彼の耳もとへ伝わって来たように思われた。けれども、それもやはり幻聴であったのであろう。それは長い間忘れて居た彼の故郷の方の童謡であったから。風の劇しい日(そうだ、こんな風の劇しい日に)子供たちが、特に女の子たちが、駆けまわりながら互に前の子の帯の後へつかまり合ったり、あるいは前の子の羽織の下へ首を突込んだりしながら、こんな謡《うた》を今のような節で繰り返し繰り返し合唱して、彼等は風のためにはしゃぎながら、彼の故郷の家の門前の広場をぐるぐると環《わ》になってめぐって居たものであった……。それはモノトナスな、けれどもなつかしいリズムをもった畳句《じょうく》のある童謡で、また謡の心持にしっくりと篏《はま》った遊戯であった。それを見惚れて、砂埃の風のなかで立って居る子供の彼自身が、彼の頭にはっきりと浮んで来た。それが思い出の緒口《いとぐち》になった。その頃、……城跡のうしろの黒い杉林のなかで、——あの城山の最も高い石垣の真下の、それに沿うた細い小道である。そこには大きな杉の林があって、一面にかさなった杉の幹のごく少しの隙間から川が見えた。船の帆が見えた。足もとには大きな歯朶《しだ》が茂って居る、小道はいつも仄暗《ほのぐら》かった。そうして杉の森に特有の重い濡れた高い匂《におい》があった。その道を子供のころ一ばん好きであった。……もっと大きくなってからもそうであった。機械体操で怪我をして、二度魔《ま》睡剤《すいざい》をかけられた時に、彼の魔睡の夢は、その森の道を遊び歩いて居るところであった。二度とも……。その林のなかで、或る夕方、大きな黒色の百合の花を見出した事、そのそばへ近よってそれを折ろうとして、よくよく見て居るうちに、急に或る怪奇な伝説風の恐怖に打たれて、転げるように山路を駆け下りた。次の日、下男をつれて、そのあたりを隈なく捜したけれども、其処には何ものもなかった。それは彼には、奇怪に思える自然現象の最初の現れであった。それは子供の彼自身の幻覚であったか、それとも自然そのものの幻覚とも言える真実の珍奇な種類の花であったか、それは今思い出しても解らない。ただその時の風にゆらゆらゆれて居るその花の美しさは、永く心に残った。その珍らしい花が、彼の「青い花」[27]の象徴ででもあったように、彼はその頃からそんな風な淋しい子供であった。そうして彼の家の後である城跡の山や、その裏側の川に沿うた森のなかなどばかりを、よく一人で歩いたものであった。「鍋《なべ》わり」と人人の呼んで居た淵は、わけても彼の気に入って居た。そこには石灰を焼く小屋があった。石灰石、方解石の結晶が、彼の小さな頭に自然の神秘を教えた。また、その淵には、時時四畳半位な大きな碧瑠璃《へきるり》の渦が幾つも幾つも渦巻いたのを、彼はよく夢心地で眺め入った。そうしてそれを夢そのもののなかでも時折見た。その頃は八つか九つででもあったろう。……何か嘘をつくと、その夜はきっと夜半に目が覚めた。そうしてそれが気にかかってどうしても眠れなかった。母を揺り起して、その切ない懺悔をした上で、恕《ゆるし》を乞うとやっと再び眠れた。……それから、そう、そう、夜半に機《はた》を織る筬《おさ》の音を毎夜聞いたこともあった。あの頃、俺は五つか六つぐらいであったろう。俺は、昔から、あの頃から、もう神経衰弱だったのか知ら。そうして幻聴の癖もそのころからと見える——彼は、そう思い出して愕《おどろ》いた。それ等幼年時代の些細《ささい》な出来事が、昨日の事よりももっとありありと(その時の彼には昨日のことはただ茫漠《ぼうばく》としていた)思い出された。一つ奇体なことには、つい三、四ケ月前、夏の終り頃に見た、或る山のなかの一軒家——そこには、百合と百日紅《さるすべり》とが咲いて居た——その人気のない大きな家に年とった母と二人きりで居た小娘、その白い美しい足と手の指とが彼のうつつの夢に現われたあの娘、それが童話の情調をもって、彼の記憶のずっと奥の方へひっこんで行って居ることであった。そうして、それら彼の幼年時代の追想のなかへ、時時強いて錯誤して織り込まれて、その奥深い記憶の森のなかで仙女になろうとして居るのであった。彼は、そう思いたがろうとしている自分を、その度毎に気がついて叱った。いやいや、これはついこの間の事ではないか。そう自分をたしなめながら訂正した。……彼はこうして幼年時代の追想に耽《ふけ》りつづけた。しかもそれらは悉《ことごと》く、今日までほとんど跡方もなく忘却し尽して居たことばかりであった。そうして、彼はその思い出のなかのその子供になって、彼の母や兄弟や父を恋しく懐しく思いやった。一たい常に自分自身のことばかりより考える事のない彼には、この時ほど切なくそれらの人人を思い出したことは、今までに決してなかった。その父へも、母へも、どの兄弟へも、彼はもう半年の上も便りさえせずに居る。不縁で家に帰っている耳の遠い姉が殊に悲しかった。彼は第一に母の顔を思い出そうと努めて見た。それは半年ばかり前にも逢ったばかりの人でありながら、決して印象を喚び起し得られなかった。纏《まとま》らない印象を無理に纏め上げて見た時に、思いがけなくも、奇妙にも、それは十七、八年も昔の或る母の奇怪な顔になった——母は丹毒に罹《かか》って居た。黒い薬を顔一面に塗抹《とまつ》して、黒い仮面のような、そうして落窪んだ眼ばかりが光って、その病床の傍へ来てはならないと、物憂げに手を振った怪物のような母の顔であった。子供の彼は、しくしくと泣きながら庭へ出て行って、もっと泣いた。その泣いた目で見たぼやけた山茶花《さざんか》の枝ぶりと、それのぼやけて簇《むらが》った花の一つ一つが、不思議と、母のその顔よりもずっと明瞭に目に浮び出て来る……決して思い出したことのないような事柄ばかりが後へ後へ一列に並んで思い浮んで来た。その心持がふと、彼に死のことを考えさせた。こんな心持は確に死を前にした病人の心持に相違ない。して見れば、自分は遠からず死ぬのではなかろうか。……それにしても知った人もないこんな山里で、自分は、今こうして死んで行くのであろうか。……死んで行くのであるとしたならば？　彼の空想は果しなく流れた。彼は今まで未だ一度も死に就て直接に考えたことはなかった。そうして彼はこの時、最初には、多少好奇的に彼の特有の空想の様式で、彼自身の死を知った知人の人人のその時の有様を一つ一つ描いて見た。すさまじい風のなかに、この騒騒しい世界から独立した静寂へ、人の霊を誘い入れるように啼《な》きしきるこおろぎの声に彼は耳を澄した。

彼は手をさし延べて、枕のずっと上の方にある書棚から、何か書物を手任せに抽《ぬ》こうとした。その手を書棚にかけた瞬間に、がちゃん！と物の壊れる音がした。彼は自分自身が、何かをとり落したように、びくっと驚いて、あたりを見まわした。それは彼の妻が台所の方で、ものを壊した音が、風に吹きとばされて聞えて来たのであった。

彼の書棚も今は哀れなさまであった。其処には僅かばかりの古びた書物が、塵のなかで、互に支え合いながら横倒しになりかかって立って居た。あまり金目にならないようなものばかりが自然と残って、それは両三年来、どれもこれも見飽きた本ばかりであった。彼が今抽《ぬ》き出したのは訳本のファウスト(28)であった。彼は自分の無益な、あまりに好奇的な自分自身の死という空想から逃れたいために、何の興味をも起さないその本をなりと読もうとした。けれども、風の音は断えず耳もとを掠《かす》めた。台所の流し元にただ一枚嵌《は》められて居るガラス板が、がちゃがちゃと揺れどおしに揺れて、彼の耳と心とを疳立《かんだた》せた。

彼は腹這いになって、披《ひろ》げた頁へ目を曝《さら》して行った。

　現世以上の快楽ですね。

　闇と露との間に山深くねて、

天地を好い気持に懐に抱いて、
自分の努力で天地の髄を掻《か》き挘《むし》り、
六日《むいか》の神業を自分の胸に体験し、
傲《おご》る力を感じつつ、何やら知らぬ物を味い、
時としてはまた溢るる愛を万物に及ぼし、
下界の子たる処が消えて無くなって……

偶然、それは「森と洞《ほこら》」との章のメフィストの白《せりふ》であった。この言葉の意味は、彼にははっきりと解った。これこそ彼が初めてこの田舎に来たその当座の心持ではなかったか。

彼は床の中からよろけて立ち上った、机の上から赤いインキとペンとを取るために。そうして今読んだ句からもっと遡って、洞の中のファウストの独白から読み初めた。彼はペンに赤いインキを含ませて読んで行くところの句の肩に一一《いちいち》アンダアラインをした。その線を、活字には少しも触れないように、また少しも歪まないように、彼は細い極く神経質な直線を引いて行った。それがぶるぶるとふるえる彼の指さきには非常な努力を要求した。

…………………………………………

手短かに申せば、折々は自ら欺く快さを
お味いなさるも妨げなしです。

だが長くは我慢が出来ますまいよ。

もう大ぶお疲れが見えている。

これがもっと続くと、陽気にお気が狂うか、
陰気に臆病になってお果てになる。

もう沢山だ……

アンダアラインをするのに気をとられて、句の意味はもう一度読みかえした時に、始めてはっと解った。メフィストは、今、この本のなかから俺にものを言いかけて居るのだ。おお、悪い予言だ！　陰気に臆病になってお果てになる。それは本当か、これほど今の彼にとって適切な言葉が、たといどれほど浩瀚《こうかん》な書物の一行一行を片っぱしから、一生懸命に捜して見ても、決してもう二度とはここへ啓示されそうもない。それほどこの言葉は彼の今の生活の批評として適切だ。適切すぎるその活字の字面を見て居ると、彼はその活字が少しずつ怖ろしいような心にさえなった。

「まあ、何というひどい風なのでしょう。裏の籔《やぶ》のなかの木を御覧なさい。細い癖にひょろひょろと高いものだから、そのひょろひょろへ風のあたること！　怖ろしいほどに揺れてよ。ねえ折れやしないでしょうか。」彼の妻の声は、風の音に半ばかき消されて遠くから来たように、そうして何事か重大な事件か寓意かを含んで居るらしく、彼の耳に伝わった。

気がついて見ると、彼の妻は彼の枕もとに立って居た。彼の女はさっきから立って居たのであった。妻は彼に食事のことを聞いて居た。彼は答えようともしないで、いかにも大儀らしく寝返りをして、妻の方から意地悪く顔をそむけた。けれども再び直ぐ妻の方へと向き直った。

「おい！　さっき何か壊したね。」

「ええ、十銭で買った西洋皿。」

「ふむ。十銭で買った西洋皿？　十銭の西洋皿だから壊してもいいと思って居るのじゃないだろうね。十銭だの十円だのと、それは人間が仮りに、勝手につけた値段だ。それにあれは十銭以上に私には用立った。皿一枚だって貴重なものだ。まあ言わばあれだって生きて居るようなものだ。まあ、其処へ御坐り。お前はこの頃、月に五つ位はものを壊すね。皿を手に持って居て、皿の事は考えないで、ぼんやり外のことを考える。それだから、その間に皿は腹を立てて、お前の手から逃げ出す。すべり落ちるんだ。一たい、お前は東京のことばかり考えて居るからよくない。お前はここのさびしい田舎にある豊富な生活の鍵を知らないのだ。ここだってどんなに賑やかだかよく気をつけて御覧。つまらないとお前の思っている台所道具の一つ一つだって、お前が聞くつもりなら、面白い話をいくらでもしてくれるのだ。生活を愛するということは、ほんとに楽しく生きるということは、そんな些細な事を、日常生活を心から十分に楽しむという以外には無い筈ではないか……」

彼は囈言《うわごと》のように小言を言いつづけた。それは、その日ごろの全く沈黙勝ちな彼としては、珍らしい長談議であった。彼はあとからあとからと言葉を次ぎ足してしゃべりつづけた。そうしているうちに妻に言うつもりであった言葉が、いつか自分に向っての言葉に方向を変えて居た。そうしてそれは平常、彼が考えても居ないような思いがけない考えの片鱗であるのに、喋《しゃべ》りながら気がついた。そこに、彼にとって新らしい思想がありそうに思った時、彼が言おうと思って居る処へは、もう言葉がとどかなくなって居た。ただ思想の上つらを言葉がぎくしゃくと滑って居るだけであった。

「日常生活の神聖、日常生活の神秘」彼は、人間の言葉では言えない事を言おうとしているのだ、と自分で思った。そうして遂に口を噤《つぐ》んだ。

二人は押し黙って荒れ狂う嵐の音を聞いたが、しばらくして妻は、思いきって言った。

「あなた、三月にお父さんから頂いた三百円はもう十円ぼっちよりなくなったのですよ。」彼はそれには答えようともしないで、突然口のなかで呟くようにひとりごとを言った。

「おれには天分もなければ、もう何の自信もない……」

＊　　＊　　＊　　＊　　＊

闇が彼の身のまわりに犇《ひしめ》いて居た。それは赤や緑や、紫やそれらの隙間のない集合で積重ねてあった。無上に重苦しい闇であった。彼は闇のなかでマッチを手さぐり、枕もとの蠟燭に灯をともすと寝床から起き上った。そうしてその燭台を、隣に眠って居る妻の顔の上へ、じっとさしつけた。けれども深い眠に陥入って彼の女は、身じろきもしなかった。彼はしばらくその女の無神経な顔を、蠟燭の揺れる光のなかで、じっと視《み》つめて見た。彼はこの時、自分の妻の顔を、初めて見る人のように物珍らしくつくづくと見た。

蠟燭の光はものの形を、光の世界と影の世界との二つにくっきりと分けた。その光のなかで見た人間の顔は、強い片光《かたひかり》を浴びて、その赤い光の強い濃淡から生ずる効果は、人間の顔の感じを全く別個のものにして見せた。彼は人間の顔というものは——ただに自分の妻だけではなく、一般にこうも醜いものであろうかと、つくづくそう感じた。それは不気味で陰惨で醜悪な妙な一つのかたまりのものとして彼の目に映じた。女は枕元に、解きほどいた束髪のかもじを黒く丸めて置いて居た。奇妙な現象には、彼はそのかもじを見た時に、これが、ここに眠って居る女が、自分の妻だったのだと始めて気がついた。

彼は燭台を高く少し持上げたり、あるいは女の顔の耳の直《す》ぐわきへくっつけて見たり、しばらくその光の与える効果の変化を実験して遊ぶかのように、それをいろいろと眺めて居た。彼の妻はそんなことには少しも気がつかずに眠って居る。寝返りもしない。こんな女は、今もし喉もとへ剣《けん》を差しつけられても、それでも平気で眠って居るだろうか。いや、そんな場合には、いかに無神経なこの女でも、さすがに人間の本能として当然目を睜《みひら》くであろう。そうでなければならない。彼はそんなことを考えた。そうして、もしやこの女は今、殺される夢でも見ては居ないだろうかとも思った。……それにしても、こうした光の蠱惑《こわく》から人間というものはさまざまなことを思い出すものである。こんなことから、実際人を殺そうと決心した男が、昔からなかっただろうか……

「もっとも、俺は今この女を殺そうとして居るわけではないのだが。」

彼は思わず小声でそう言った。自分自身の愕《おどろ》くべき妄想に対して、慌てて言いわけしたのである。

「そこでと……俺は今何のためにこんなことをして居たのだっけな。」

彼は気がついて急に妻を揺り起した。

夜中である。

妻はやっと目を覚したが、眩《まぶ》しそうに、揺れて居る蠟燭の光を避けて、目をそむけた。そうして未だ十分に目の覚めて居ない人がよくする通りに口をもがもがと動かして、半ば口のなかで、

「また戸締りですか、大丈夫よ。」

そう言って、寝返りをした。

「いいや。便所へ行くんだ。ちょっとついて行ってくれ。」

厠《かわや》から出て来た彼は、手を洗おうとして戸を半分ばかり繰った。すると、今開けた戸の透間《すきま》から、不意に月の光が流れ込んだ。月はまともに縁側に当って、歪んだ長方形で板の上に光った。不思議なことには、彼はこれと同じように、全く同じように月の差込んで居る縁側をちょうど今のさっき夢に見て、目がさめたところであった。何という妙な暗合《あんごう》であろう。彼には先ずそれが怪奇でならなかった。そうして、今、自分達がこうして此処《ここ》に立って居ることも、夢のつづきではないのか……ふと、そう疑われた。

「おい、夢ではないんだね。」

「何がです。あなた寝ぼけて居らっしゃるのね。」

蠟燭は彼の妻の手に持たれて、月の光を上から浴びせかけられて、ほんのりと赤くそれ自身の光を失った。光の穂は風に吹かれて消えそうになびいたが、彼の妻の袖屏《そでびょう》風《ぶ》の影で、ゆらゆらと大きく揺れた。風は何時《いつ》の間にかおだやかになって居たが、雲は凄《すさま》じい勢で南の方へ押奔《おしはし》って居た。小雨を降らせて通り過ぎる真黒な雲のぱっくりと開けた巨《おお》きな口のファンタスティックな裂目から、月は彼等を冷え冷えと照して居た。

彼は手を洗うことを忘れて、珍らしいその月を見上げた。それは奇妙な月であった。幾日《いくか》の月であるか、円いけれども下の方が半分だけ淡くかすれて消え失せそうになって居た。しかし、上半は、黒雲と黒雲との間の深い空の中底に、研ぎすましたように冴え冴えとして、くっきりと浮び出して居た。その上半のくっきりした円さが、何かにひどく似て居ると、彼は思った。そうだ。それは頭蓋骨の顱頂《ろちょう》のまるさに似て居る。そう言えば、その月の全体の形も頭蓋骨に似て居る。白銀の頭蓋骨だ。研ぎすました、あるいは今溶炉《ようろ》からとり出したばかりの白銀の頭蓋骨だ。彼の聯想《れんそう》の作用は、ふと海賊船というようなものの事を思い出させた。「神聖な海賊船」どういうわけかそんな言葉を思浮《おもいうか》べた。彼は青い月を飽かずに眺めた。ああ、これと同じ事が、全く同じことが、その時も俺はここにこうして立って居た。雲の形も、月の形もこれとそっくりだった。どこからどこまで寸分も違わない。それればかりかその時にもこう思ったのだった。今と同じ事を思ったのだった。遠い微かな穴の奥底のような昔にも、現在と全

然同一な、そっくりそのままで重《かさな》り合う、寸分の相違もない出来事が曾《かっ》てもあった

……茫然として、彼は瞬間的にそう考えた……何時《いっ》の日のことだったろう……何処《どこ》であったろう……

空一面を飛《と》び奔《はし》る断《ちぎ》れ雲《ぐも》はもう少しで月を、白銀の頭蓋骨を呑もうとして居る。

「もう、閉めてもいい？」

妻は、寒そうにそう言った。

彼はその言葉で初めて我に帰ったのか、手を洗おうと身を乗り出した。その瞬間であった。

「や、大変！」

「え？」

「犬だ！」

「犬？」

彼は即座に手早く、戸締りに用いた竹の棒を引っつかむと、力任せに、それを庭の入口の方へ投げ飛した。彼の目には、もんどりを打つ竹ぎれからす早く身をかわして、いきなりそれを目がけて飛びかかると、その竹片を咥《くわ》えたまま、真しぐらに逃げて行

く白犬が、はっきりと見えた。尾を股の間へしっかりと挟んで、耳を後へ引きつけ、その竹片に嚙みついた口からは、白い牙を露《あらわ》して、涎《よだれ》をたらたらと流しながら、彼の家の前の道をひた走りに走って行く。月光を浴びて、房房《ふさふさ》した毛の大きな銀色の尨犬《むくいぬ》、その織るような早足、それが目まぐるしく彼の目に見える。それは王禅寺という山のなかの一軒の寺の犬だった。その形は明確に細密に、一瞬間のうちに彼には看取出来た。

「狂犬だよ！」

彼は自分の犬どもの名を慌しく呼んだ。呼びつづけた。其処らには居ないのか、犬どもは彼の声には応じなかった。妻には何事が起ったのか、少しも解らなかった。しかし、夫のそうするままに、彼の妻も声を合せて犬の名を呼んだ。その甲高《かんだか》い声が丘に谺《こだま》した。七、八度も呼ばれると、重い鎖の音がして、犬どもは、二疋とも同時に、いかにものっそりと現われた。そうして鎖をじゃらんじゃらんと言わせながら身振いして、主人の不意な召集を訝《いぶか》しく思いながらも、彼等は尾をちぎれるほどはげしく振り、鼻をくんくんとならした。

月は雲のなかに呑まれてしまった。

彼は妻の手から燭台を受け取るや否や、それを、犬どもの方へ差し出したが、一時に風に吹き消された。直ぐに、ランプに灯をともし代えて見たが、彼の犬には別に何の変事もないらしかった。

「ああ、愕いた。俺はうちの犬が狂犬に噛まれたかと思った。」

彼は寝牀《ねどこ》に這入ったが、妻にむかって、今見たところのものを仔細に説明した。彼の妻は最初からそれを否定した。いかに明るくとも月の光で、そんなにはっきりと見える筈はない。それに王禅寺の犬は、なる程、狂犬になったのだ、けれども、もう一週間も十日も前に、そのために屠殺された。その時、お絹が、

「だから、お宅の犬もお気をおつけなさい。」

とそう言った。その事は、その時彼の女自身の口から彼に話した筈だった。——妻は事を分けて、宥《なだ》めるように彼に説明するのであった。しかし彼は王禅寺の犬が気違いになった話などは聞いたこともないと思う。

「犬の幽霊が野原をああして駈けまわって居たのだ。そうして、そういう霊的なものは俺にばかりしか見えないのだ……。」……憂鬱の世界、呻吟の世界、霊が彷徨《ほうこう》する世界。俺の目はそんな世界のためにつくられたのか——憂鬱な部屋の憂鬱な窓が憂

鬱な廃園の方へ見開かれて居る。彼はそんな風に考えた。俺の今生きているところは、ここはもう生の世界のうちでは無く、そうかと言って死の世界でもなく、その二つの間にある或る幽冥《ゆうめい》の世界ではないか。俺は生きたままで死の世界に彷徨しているのであろうか……ダンテ(29)は肉体をつけたままで天界と地獄をめぐったと言うならば……。少くとも、少くとも俺が今立って居る処は、死滅をそれの底にしてその方へ著《いちじ》るしく傾斜して居る坂道である……

＊　　＊　　＊　　＊　　＊

その翌日――雨月の夜の後の日は、久しぶりに晴やかな天気であった。天と地とが今朝甦《よみが》えったようであった。森羅万象は、永い雨の間に、何時しかもう深い秋に化《な》って居た。稲穂にふりそそぐ日の光も、そよ風も、空も、其処にただ一筋繊糸のように浮んだ雲も、それは自ずと夏とは変って居た。すべては透きとおり、色さまざまな色ガラスで仕組んだ風景のように、彼には見えた。彼はそれを身体全部で感じた。彼は深い呼吸を呼吸した。冷たい鮮かな空気が彼の胸に真直ぐに這入って行くのが、いかなる飲料《のみもの》よりも甘《うま》かった。彼の妻が、この朝は毎日のように犬どもを繋いで置けなかったのも無理ではない。それはよい処置であった。遠い畑の方では、彼の犬が、フラテもレオも飛び廻って居るのが見られた。百姓の若者がレオの頭を撫でて居た。音無しいレオは、喜んでするに任せて居る——太陽に祝福され野面や、犬や、そこに身を跼《こご》めて居る働く農夫などを、彼はしばらく恍惚《うっとり》として眺めた。日は高い。この景色を見るために、何故もっと早く目が覚めなかったろうと、彼は思った。縁を下りて、顔をば洗おうと庭を通ると白い犬が昨夜咥えて行った筈の竹片は、萩の根元に転がって居た。彼は思わず苦笑した。それは、しかし、むしろ楽しげな笑いであった。

井戸端には、こぼれた米を拾おうとして——妻はわざわざ余計にこぼしてやったかも知れないと彼は思った——雀が下りて居た。今までついぞここらで見たこともないほどの沢山で、三、四十羽も群れて居た。彼の跫音《あしおと》に愕《おどろ》かされると、それが一時に飛び立って、そこらの枝の上に逃げて行った。逃げたりなどはしなくてもいいのに。その柿の枝には雀とは別の名も知らぬ白い顔の小鳥も居た。その時彼は鳥に説教した聖フランシスを、思い出した。彼の家の軒端からのぼる朝の煙が、光を透して紫の羅《うすもの》のように柿の枝にまつわった。雨に打ち砕かれて、果《はて》は咲かなくなって居た薔薇が、今朝はまたところどころに咲いて居る。蜘蛛《くも》の網《い》は、日光を反射する露でイルミネエトされて居た。薔薇の葉をこぼれた露は、転びながら輝いて蜘蛛の網にかかると、手にはとる術《すべ》もない瞬間的の宝玉の重みに、網は鷹揚にゆれた、露は糸を伝《つと》うて低い方へ走って行く、ぎらりと光って、下の草に落ちる。それらの月並の美を、彼は新鮮な感情をもって見ることが出来るのであった。

水を汲み上げようと縄つるべを持ち上げたが、ふと底を覗き込むと、其処には涯知《はて》らぬ蒼穹《そうきゅう》を径《けい》三尺の円に区切って、底知れぬ瑠璃《るり》を静平にのべて、井戸水はそれ自身が内部から光り透きとおるもののようにさえ見えた。彼はつるべを落す手を躊躇《ちゅうちょ》せずには居られない。それを覗き込んで居るうちに、彼の気分は井戸水のように落着いた。汲み上げた水は、むしろ、連日の雨に濁って居たけれども、彼の静かな気分はそれ位を恕《ゆる》すには十分であった。

妻の用意した食卓についた時には、彼の心は平和であった。食卓には妻が先日東京から持って来た変った食物があった。火鉢の上には鉄瓶が滾《たぎ》って居た。そうして、陰気な気持ちは妻の言ったとおり、いやな天気から来たものだった――と、彼は思った。彼は箸をとり上げようとして、ふと、さっき井戸端で見た或る薔薇の莟《つぼみ》の事を思い出した。

「おい、気がつかなかったかい。今朝はなかなかいい花が咲いて居るぜ。俺の花が。二分どおり咲きかかってね、それに紅い色が今度のは非常に深い落着いた色だぜ。」

「ええ、見ましたわ。あの真中のところに高く咲いたあれなの?」

「そうだよ。一茎独秀当庭心《いっけいひとりすぐれていしんにあたる》(30)——奴さ。」彼はそれからひとり言に言った。「新《しん》花《か》対白日《はくじつにむかう》か。(31)いや、白日は可笑《おか》しい。何しろ彼等は季節はずれだ……」

「やっと九月に咲き出したのですもの。」

「どうだ。あれをここへ摘んで来ないかい。」

「ええ、とって来るわ。」

「そうして、ここへ置くんだね。」彼は円《まる》い食卓の真中を指でとんとんたたきながら言った。

妻は直《す》ぐに立上ったが、先ず白い卓布《たくふ》を持って現れた。

「それでは、これを敷きましょう。」

「これはいい。ほう! 洗ってあったのだね。」

「汚れると、あの雨では洗濯も出来ないと思ってしまって置いてあったの。」

「これゃ素的《すてき》だ！　花を御馳走に饗宴を開くのだ。」

楽しげな彼の笑いを聞きながら、妻は花を摘むべく立ち去った。

彼の女は花を盛り上げたコップを持って、直ぐ帰って来た。少し芝居がかりと見える不自然な様子で、彼の女はそれを捧げながらいそいそと入って来た。それが彼には妙に不愉快であった。彼自身が、人悪く諷刺《ふうし》されて居たように感じられた。彼は気のない声で言った。

「やあ、沢山とって来たのだなあ。」

「ええ、ありったけよ。皆《みんな》だわ！」

そう答えた妻は得意げであった。それが彼にはいまいましかった。言葉の意味の通じないのが。

「なぜ？　俺は一つでよかったんだ。」

「でもそうは仰言《おっしゃ》らないのですもの。」

「沢山とでも言ったのかね……。それ見ろ。俺は一つで沢山だったのだ。」

「じゃ外《ほか》のは捨てて来ましょうか。」

「いいよ。折角《せっかく》とって来たものを。まあいい。其処へお置き。……おや、お前は何だね――俺の言った奴は採って来なかったのだね。」

「あら、言ったの言わないのって、これだけしきぁ無いんですよ！　彼処《あすこ》には。」

「そうかなあ。俺は少し、底にこう空色を帯びたような赤い莟があったと思ったのに。それを一つだけ欲しかったのさ。」

「あんな事を。底に空色を帯びたなんて、そんな難しいのはないわ、それゃきっと空の色でも反射して居たのでしょうよ。」

「成程、それで……？」

「あら、そんな怖い顔をなさるものじゃない事よ。私が悪かったなら御免なさいね。私はまた、沢山あるほどいいかと思ったものですから……」

「そう手軽に詫《あやま》って貰わずともいい。それより俺の言うことが解《わか》って貰《もら》い度《た》い。……一つさ。その一つの莟を、花になるまで、目の前へ置いて、日向へ置いてやったりして、俺はじっと見つめて居たかったのだ。一つをね！　外のは枝の上にあればいい。」

「でも、あなたは豊富なものが御好きじゃなかったの。」

「つまらぬものがどっさりより、本当にいいものがただ一つ。それが本当の豊富さ。」彼は自分の言葉を、自分で味って居るように沁《し》み沁《じ》みと言った。

「さあ、早く機嫌を直して下さい。せっかくこんないい朝なのに……」

「そうだ。だから、せっかくのいい朝だから、俺はこんな事をされると不愉快なのだ。」

彼は、しかし、そんなことを言って居るうちにも、妻がだんだん可哀想になって居る。そうして自分で自分の我儘《わがまま》に気がついて居た。妻の人差指には、薔薇の刺《とげ》で突いたのであろう、血が吹滲《ふきにじ》んで居る。それが彼の目についた。しかし、そんな心持を妻に言い現す言葉が、彼の性質として、彼の口からは出て来なかった。むしろ、その心持を知られまい、知られまいと包んで居る。そうしてどこで不快な言葉を止めていいやら解らない。それが一層彼自身を苛立たせる。彼は強《し》いて口を噤《つぐ》んだ。さて、その花を盛り上げたコップを手に取上げた。最初は、それを目の高さに持上げて、コップを透《すか》して見た。緑色の葉が水にひたされて一《ひと》しおに緑である。葉うらがところどころ銀に光って居る。そのかげにほの赤い刺も見える。コップの厚い底が水晶のように冷たく光って居る。小さなコップの小さな世界は緑と銀との清麗な秋である。

彼はコップを目の下に置いた。そうして一つ一つの花を、精細に見入った。其処にある花は花片《はなびら》も花も、不運にも皆蝕《むしば》んで居る。完全なものは一つもなかった。それが少し鎮まりかかった彼の心を掻き乱した。

「どうだ、この花は！　もっと吟味をしてとって来ればいいのに。ふ、みんな蝕《むし》くいだ。」

彼は思わず吐き出すようにそう言って仕舞ったが、また、妻が気の毒になった。急に、その中の最も美しい莟《つぼみ》を一本抜き出すと、彼は言葉を和《やわら》げて、

「ああ、これだよ。俺の言った莟は。それ、此処《ここ》にあった！　此処にあった！」

彼の言葉のなかには、その言葉で自分を和げて、妻の機嫌をも直させようとする心持があった。けれども、妻は答えようとはしないで、黙って彼の女自身の御飯を茶碗に盛って居るのであった。彼は横眼でそれを睨《にら》みながら、妻の額を偸視《ぬすみみ》た。このコップを彼処《あそこ》へ、額の上へたたきつけてやったなら。いや、いけない。もともと自分が我が儘なのだ。彼は仕方なく、寂しく切ない心をもって、その撮《つま》み上げた莟を、彼自身の目の前へつきつけて眺めだした。……その未《ま》だ固い莟には、ふくらんだ横腹に、針ほどの穴があった。それは幾重にも幾重にも重なった莟の赤い蔕《はなびら》を、白く、小さく、深く蕊《ずい》まで貫いて穿《うが》たれてあった。言うまでもなくそれは虫の仕業《しわざ》である。彼は厭《いと》わ

しげに眉を寄せながら、なおもその上に蓇を視《み》た。

はっと思うと、彼はそれをとり落した。

その手で、す早く、滾《たぎ》って居る鉄瓶を下したが、再び蓇を摘《つま》み上げると、直ぐさまそれを火の中へ投げ込んだ。――蓇の花片はじじじと焦げる……。そのおこり立った真紅《まっか》の炭火を見た瞬間、

「や！」

彼は思わず叫びそうになった。立ち上りそうになった。それを彼はやっと耐《こら》えた――ここで飛び上ったりすれば、俺はもう狂人だ！　そう思いながら、彼は再び手早に、しかし成可《なるべ》く沈着に、火鉢で焼けて居る花の蓇を、火箸の尖《さき》で撮《つま》み上げるや、傍《そば》の炭籠のなかに投げ込んだ。

彼はこれだけの事をして置いて、さて、火鉢の灰のなかをおそるおそる覗き込むと、其処には何もない。今あったようなものは何もない。愕《おど》き叫ぶべきものは何もない。彼は灰の中を掻きまわして見た。底からも何も出ない。水に滴《した》らした石油よりも一層早く、灰の上一面をぱっと真青に拡がった！　と彼の見たのは、それはただほんの一瞬間の或る幻であったのであろう。

彼は炭籠の底から、もう一度蕚を拾い出した。火箸でつままれた蕚は、焼ける火のために色褪せて、それに真黒な炭の粉にまみれて居た。さて、その茎を彼は再び吟味した。其処には、彼が初《はじめ》に見たと同じように、彼の指の動き方を伝えて慄《ふる》えて居る茎の上には花の蕚《がく》から、蝕《むしば》んだただ二枚の葉の裏まで、何という虫であろう――茎の色そっくりの青さで、実に実に細微な虫、あのミニアチュアの幻の街の石垣ほどにも細かに積重《つみかさな》り合《お》うた虫が、茎の表面を一面に、無数の数が、針の尖《さき》ほどの隙もなく裹《つつ》み覆《おお》うて居るのであった。灰の表を一面の青に、それが拡がったと見たのは幻であったが、この茎を包《つつ》みかぶさる虫の群集は、幻ではなかった――一面に、真青に、無数に、無数に……

「おお、薔薇《そうび》、汝《なんじ》病めり!」(32)

ふと、その時彼の耳が聞いた。それは彼自身の口から出たのだ。しかしそれは彼の耳には、誰か自分以外の声に聞えた。彼自身ではない何かが、彼の口に言わせたとしか思えなかった。その句は、誰かの詩の句の一句である。それを誰かが本の扉か何かに引用して居たのを、彼は覚えて居たのであろう。

彼は成るべく心を落ちつけようと思いながら、その手段として、目の前の未だ伏せ

たままの茶碗をとって、それを静かに妻の方へ差し出した。その手を前へ突き延す刹那、

「おお、薔薇、汝病めり！」

突然、意味もなく、またその句が口の先に出る。

彼はやっと一杯だけで朝飯を終えた。

妻はしくしくと泣いて居た。「嗟《ああ》！　また始まったか、」と心のなかで彼の女の夫に就《つい》て呟きながら。そうして食卓を片附けつつ、その花のコップをとり上げたが、さてそれをどうしようかと思惑《おもいまど》うて居た。あの蝕んだ焼けた蕾は、彼が無意識に捲《むし》り砕いたのであろう——火鉢の猫板の上に、粉粉《こなごな》に裂き刻まれて赤くちらばって居た。彼はそれらのものを見ぬふりをして見ながら、庭へ下りようと片足を縁側から踏み下す。と、その刹那に、

「おお、薔薇、汝病めり！」

フェアリイ・ランドの丘は、今日は紺碧の空に、女の脇腹のような線を一しおくっきりと浮き出させて、美しい雲が、丘の高い部分に小さく聳《そび》えて末広に茂った木の梢のところから、いとも軽軽と浮いて出る。黄ばんだ赤茶けた色が泣きたいほど美しい。

何日《いつ》か一日のうちに紫に変った地の色は、あの緑の縦縞を一層引立てる。そのうえ、今日は縞には黒い影の糸が織り込まれて居る。その丘が、今日また一倍彼の目を牽《ひ》きつける。

「俺は、仕舞いには彼処《あすこ》で首を縊《くく》りはしないか？　彼処では、何かが俺を招いている。」

「馬鹿な。物好きからそんなつまらぬ暗示をするな。」

「陰気にお果てなさらねばいいが。」

彼の空想は、彼の片手をひょっくりと挙げさせる。今、その丘の上の目に見えぬ枝の上に、目に見えぬ帯をでも投げ懸けようとでもするかのように……

「おお、薔薇、汝病めり！」

井戸のなかの水は、朝のとおりに、静かに円く湛《たた》えられて居る。それに彼の顔がうつる。柿の病葉《わくらば》が一枚、ひらひらと舞い落ちて、ぽつりとそこに浮ぶ。その軽い一点から円い波紋が一面に静にひろがって、井戸水が揺らめく。そうしてまたもとの平静に帰る。それは静で、静である。涯しなく静である。

「おお、薔薇、汝病めり！」

薔薇の叢《くさむら》には、今は、花は一つもない。ただ葉ばかりである。それさえ皆蝕《むしく》いだ。ふと、目につくので見るともなしに見れば、妻は今朝の花を盛ったコップを台所の暗い片隅へ、棚の片わきへ、ちょこんと淋しく、赤く、それを隠すように置いて居る。それが彼の目を射る。

「お前はなぜつまらない事に腹を立てるのだ。お前は人生を玩具《おもちゃ》にして居る。怖ろしい事だ……。お前は忍耐を知らない。」

「おお、薔薇、汝病めり!」

裏の竹藪《たけやぶ》の或る竹の或る枝に、葛の葉がからんで、別に風とてもないのに、それのただ一枚だけが、不思議なほど盛んに、ゆらゆらと左右に揺れて居る。そうしてその都度、葉裏が白く光る――それを凝《じっ》と見つめて居ても……。彼を見つけた犬どもが、いそいそ野面から飛んで帰って、両方から飛び縋《すが》る。それを避けようと身をかわしても……。どこかの樹のどこかの枝で、百舌《もず》が、刺すようにきりきり鳴き出しても……、渡鳥の群が降《お》りちらばるように、まぶしい入日の空を乱れ飛ぶのを見上げても……、明るい夕空の紺青を仰いでも……、向側の丘の麓の家から、細細《ほそぼそ》と夕餉《ゆうげ》の煙がゆれもせず静に立昇るのを見ても……

「おお、薔薇、汝病めり！」

言葉がいつまでも彼を追っかける。それは彼の口で言うのだが、彼の声ではない。その誰かの声を彼の耳が聞く。それでなければ、彼の耳が聞いた誰かの声を、彼の口が即座に真似るのだ。——彼は一日、何も口を利かなかった筈だったのに。

犬どもは声を揃えて吠えて居る。その自分の山彦《やまびこ》に怯《おび》えて、犬どもは一層はげしく吠える。山彦は一層に激しくなる、犬は一層に吠え立てる……彼の心持が犬の声になり、犬の声が彼の心持になる。暗い台所には、妻が竈《かまど》へ火を焚きつける。妻が東京へ引き上げたいという気持は、たしかにこんな時に彼処で養われるに違いない。何処かから帰って来た猫が、夕飯《ゆうめし》の催促をしてしきりと鳴く。ぱっと火が燃え立つと、妻の顔は半面だけ真赤に、醜く浮び出す。その台所の片隅では、薔薇のコップが、暗《くらやみ》のなかでぽつりと浮び出して来る。その薔薇は、蝕《むしく》いの薔薇は煙《けむ》がって居る！

彼はランプへ灯をともそうと、マッチを擦る、ぱっと、手元が明るくなった刹那に、

「おお、薔薇、汝病めり！」

彼はランプの心《しん》へマッチを持って行くことを忘れて、その声に耳を傾ける。マッチの細い軸が燃えつくすと、一旦赤い筋になって、直ぐと味気なく消え失せる。黒くな

ったマッチの頭が、ぽつりと畳へ落ちて行く。この家の空気は陰気になって、しめっぽくなって、腐ってしまって、ランプへも火がともらなくなったのではあるまいか。

彼は再びマッチを擦る。

「おお、薔薇、汝病めり！」

何本擦っても、何本擦っても。

「おお、薔薇、汝病めり！」

その声は一体どこから来るのだろう。天啓であろうか。預言であろうか。ともかくも、言葉が彼を追っかける。何処までも何処までも……

改作田園の憂鬱の後に

「田園の憂鬱」の作者自身が、それの改作を凡《およ》そ了《おわ》った晩に、それの終《しまい》に、自分と読者との為《た》めに書く。

本書冒頭以下の五章は、今からちょうど三年前の五月の作で、同じ六月、雑誌「黒潮」に『病める薔薇』の題で掲載された。この部分は同年十二月に全く改作した。別に同年九月の作である『続病める薔薇』約五十枚がある。それは兼ねての約束であったにもかかわらず、雑誌「黒潮」の編輯者から、それの採録を拒絶された。その原稿を自分は遺棄してしまった。それ故《ゆえ》本書のなかにはそれは収められて居ない。それは勿論《もちろん》、惜しむに足るほどの値はない。第六節以下、即ち本書の大部分は、去年の二月三月の作である。それには発表されなかった原稿『続病める薔薇』に書かれた同一の材も雑《まじ》って居る。しかし、全部改めて書かれたものである。同じ去年九月、雑誌「中外」に『田園の憂鬱』として掲載されたものがそれである。その不充分な作品である理由で、自分はその時までそれの発表を躊躇《ちゅうちょ》したのである。当時、書肆《しょし》天佑社が自分の第一著作集を出版する計画があって、それの頁数の都合からこれを同集のなかに収録したいと言った。その著作集「病める薔薇」には、改作された『病める薔薇』が『田園の憂鬱』と一つに連続して『「病める薔薇」或は「田園の憂鬱」』という二つの題を持って、未定稿と断ったままで収録した。今茲《こんじ》、三月四月、自分は同書に憑《よ》って、先ず可《か》なり多くの誤字脱字を改訂する傍ら、別に約二万二千字の字数を加えた。二つの新らしい断章をも設けた。それはほとんど各頁に行《ゆ》き渉《わた》っての増補で、あるいは単に字句の削正であり、しかしより多くの場所は更に的確精細な描写と、内容的なリズムの整調とを期し努めたつもりである。しかも、もともと今日から見て落筆を誤ったものがあったが為めに、一度不完全に表現されてしまったものは、今更これをどうすることも出来なかった。書き足りない部分にでは無くて、反《かえ》って書かれて居る部分で、作者をして全く堪え難いような気持ちを起させるような箇所は、自分をただ徒《いたず》らに愧《は》じしめるのみであった。冒頭からの五十頁ほどは、(前述の如く最も旧《ふる》く書かれた部分であるが、)その最も著《いちじ》るしい例である。そんな部分を私はただそのままにして置いた。それを改めることは全くの無意味だから。それは、不完全ながら、おかしいながらにも、それ自身がそのままで持っている或る有機的な組織を徒らに毀《こぼ》つばかりであって、それを改めることによってあるいは様子のいいものにはする代りに、それに脈動している或る物を得て傷《きずつ》け勝《が》ちである。それは決して芸術に忠実な所以《ゆえん》ではない。より忠実な者はこんな場合にむしろ全部を抹殺すると同じ意味で、全部をそのままに生かして置くであろう。

『田園の憂鬱』及び『病める薔薇』は、ともに自分の外的な事情のために、あまりに未定稿のままで、しかも断片的に発表されたものであったが為めに、自分は、最初敢《あえ》てこれをいくらかでも完全に改作して見ようなどと考えもしたようなものの、一度書かれてしまったものをつつ突き返すような事は――それの可否は別として――今更《いまさ》らながら全く予想外に、自分には不可能であり、不愉快な仕事ででもあった。そう痛感した時、自分は出来るだけ直ちにそのペンを投げ出した。自分はもうそれ以上の不愉快を忍びたくはなかったから。自分が、最初にはもっと面目を一変するかも知れない程度での改作を志しながら、敢てそれを存分には遂行しなかった所以である。こうして、本書改作『「田園の憂鬱」或は「病める薔薇」』が出来た。いつまでも二つの名を負わされたこの一篇は、いつまでも不完全でつぎはぎであるらしい。それでも未《ま》だしも、改作した方がよくなった(?)と、作者はあやふやな自信をもってそう考える。けれども他の人人がそれを見て、無駄だったと言い、また故もなく過去の作品に恋恋として居るものとして笑止がってくれなければ幸である。とにもかくにも、作者は以後、本書をもって定本としようとする！『「田園の憂鬱」或は「病める薔薇」』は、もし事情が許したならば第一の機会に於てこれ位に纏《まと》めて発表するのが本当であった。それが作者の当初の企てでもあった。

雑誌「中外」に掲載された『田園の憂鬱』が、未定稿のままで、比較的江湖《こうこ》に迎えられかつ文壇諸家の一瞥《いちべつ》をも得たことは、年少無名の作者にとって望外の光栄であったと言わなければならない。けれども同時に、自ら省みて、それがさまざまな事情で、またさまざまな意味で、まことに喘《あえ》ぎ喘ぎに綴《つづ》り合《あわ》されたもので、心ゆくまでにそれを書き遂げる機会を逸して、自ら親しく体験し、かつ比較的久しく心にあった作品としては、その或る世界――それは争うべくもなくつまらない、がしかし、そこにしばらく私が住まなければならなかったところの或る世界のアトモスフィアは、この作品で再現された時には、情けないほど稀薄な、こくの無いものになって居るのを感ずる。

私の Anatomy of Hypochondria は到底ものにはなって居ない。そうしてそれはいくらか増補された今でも依然としてそうである。しかも今ではもうこれ以上にそれをどうするという気持にもなれないのを、愚痴にも、多少遺憾に思う。この書が(——多弁にも、つい自家一個の所感をまで披瀝《ひれき》してしまった序《ついで》に、もうしばらく多少の気恥しさを堪《こら》えて書きつづければ、)この書が、近く新《あらた》に稿を起そうと用意している『都会の憂鬱』が、あるいは作者自身満足出来る程度に書かれるようなことがあった場合、その時に、それの微《かす》かな伴奏としてそれほど邪魔をすることもない姉妹篇としてでも、せめては役立ってくれればいいと自分は願う。

一九一九年五月一日

佐藤春夫

追憶の「田園」

◯「田園の憂鬱」の決定版（という妙な言葉も思えば自分がこの本のためにこしらえたものである）が新潮社から出版されて間もなく、同社から「近代情痴集」の上梓を計画していた谷崎が、「今日も新潮社へ行って来たが、君の本はもうちゃんと店の符帳が出来て呼ばれていたぜ」というので「店では店員が田園幾部……」とか叫んでいたと教えてくれた事があった。「それで近代の方はどうだい」「近代ももうすぐ印刷にかかるよ」と語って笑ったものであった。本文の表題に用いた「田園」も新潮社の呼び方のそれである。

◯「田園」の生活は既に「田園」に書き尽したから、今更書くこともないが、あの作を書いたころの事を記して見ないかという求めに応じてその当時の事を些《いささ》か記して見る。

○「田園」の生活は多分自分の二十三歳の四月上旬から十一月ごろまでであったと思う。年齢の記憶が少々怪しい。というのは、自分は三田の学校で進級は一度しかしなかったのに在学した時期が幾年だか、大分長かったので、この三、四年の間で自分の年がすこしぼんやりしてしまっている。それ故学校を退学した翌年という記憶は確実でもそれを年の数に直す時に自分でも少々疑わしくなるのだけれども二十二ではなく二十四ではなかったから二十三歳だったろう位に思い出せるのである。自分はその前年の十月だったか十一月だったかに或る女と結婚して最初は本郷につぎには大久保に家を持ったが、田舎で生活して見ようという気になった。ほんの気まぐれと、家から金を引き出す口実などもないではなかったが、行きづまった生活を切り拓こうという本気な心持も必ずしもなかったのではない。家のぐるりに果樹や野菜をつくってという程度の詩的農民の空想を本気に取上げてくれる筈もなかったけれど、それでも親は有難いもので或る程度の金なら出してくれる見込みがついた。その程度の金で自分の欲しいぐらいな土地や家の得られる場所をというので家内の父が奔走して見つけてくれたのが、神奈川県都筑郡中里村字市ヶ尾大字竹ノ下という所であった。番地はもう忘れてしまったが、地方の豪家の所有を特別に安く譲ってくれるという仲介者の話であったが、特別に安かったのやら、普通やら、それとも特別の高いのやら知る筈もなかったが、父の与えてくれた金で先《ま》ず五反歩《たんぶ》あまりの畑地を手に入れた。西南に向いたスロープで大きな渋柿が一本あるきりの芋畑で畑の中には桑があった。一番高いところは松山つづきで小径があったから、このあたりの柿の木の下に小屋をこしらえようというつもりであった。二間半に三間ばかりの小屋を自分で設計したのを本職が見て直してくれたが、父からもらった金の残額ではなかなか出来そうもないので、金は一時銀行に預けて置いた。その後、一年程はそれで食っていたわけである。

○夢想を抱いてその田舎へ引越して先ず落着いたのが村のお寺、息子は当時真宗大学にいるという話であった。和尚は横浜に愛妾があるので野毛の某寺の役僧をしていて自分の寺へはごく稀にしか帰って来ないという話は大黒《だいこく》の愚痴であったか村人のかげ口であったか今はもうおぼえない。後に思うと、自分らをこの寺に世話した人が大黒に快からぬ事でもあったらしく、二、三ヶ月後には自分らのために別に一軒の家を見つけてくれた。それが「田園の憂鬱」のなかに記されている家である。これは市ヶ尾ではなく同じ村の字鉄《くろがね》という部落で市ヶ尾より半里ばかり上(八王子寄り)である。土地の資産家の隠居が自分の妾と村人の産婆とを兼ねさせた女のために建てた家だというのや、その産婆が失踪した事などは作中にある通りである。当時隠居の孫娘の養子であった村の校長さんの所有であったことも事実である。この家へ落ち着いたのはたしか七月のはじめであったろう。

○この家を世話をしてくれた人の息子が或る日彼の家の附近の竹藪の下の田のくろで水鶏《くいな》の雛を見つけたから捕えに行こうと誘うてくれたが、行って見るともう附近の犬が追いまわしたらしく、あたりは犬の足あとの外何もなかった。

○田舎の土地はその後一度、これを抵当にして三百五十円かそこら借りた事があったが、これも父母のおかげでどうやら片づけてもらって、土地は今もまだ自分の所有である。小田原急行が出来てから柿生《かきお》の駅を利用すると以前のようには不便ではないというが、自分はその後一度も行って見た事もない。今年の秋こそは一度行って見たいものである。もう三十年この方自分はまだ一度も小作料を値上げしたおぼえはない。模範的不在地主のつもりである。

○村から東京へ金をこしらえに出て来るのに旅費がないので、東京で金が出来たら払うつもりで、自転車を貸りて上京した事があった。矢来《やらい》に弟共の世話をしていた叔母を頼って来たのである。自転車には自信があったので僅か五里か六里の道をと思って午後二時頃出て来たおかげで青山練兵場を抜けると日が暮れはじめるのによく知らない四谷あたりの場末の町へさしかかって道に迷って困ってしまった。それでも八時ごろには矢来の家まで辿りついたが、暑気当りでその晩から下痢を起してしまった。コレラの流行した年で弟などは保菌者あつかいにして気を揉ませる。それは幸に大した事もなかったが、ひどい下痢のために衰弱して容易に恢復しない。それでも自転車を打捨てて体だけ帰るわけにもいかぬので閉口した。そのために東京の滞在が五、六日になって、一日何十銭とかの借自転車代が五円近くに達して、これでも二重に腹を痛めたものであった。こんなわけで帰途は玉川の向岸の何とやらいう村のはたごやで一泊した。今度は朝早く出たのだから時間はたっぷりあったのにもう一つ山を越すだけの元気がなかったのと、幾分の物好きが手つだっていたのである。

○　蒸し暑いこの村の夏をすぎて、秋になりはじめると気分も爽快になった。この村での生活を書いて見ようという気になったので「田園雑記」という心覚えを書きはじめた。そのなかの一部分（十枚ほど）は後に長江先生のお世話で、そのころあった「文芸雑誌」というのに載せて貰って、三円か四円位は貰ったように覚えている。あの雑誌は生方敏郎がやっていたのではなかったか知ら。

○秋のはじめごろにはもうそろそろ田舎の生活にも懲りてしまって、東京へ出たいと思いはじめたものの、さすがに手ぶらでは帰れないのでうろたえて「田園雑記」を起草したのだが、おいそれとものになる様子もないので途中で気を変えようというので、「論語」のなかの公冶長《こうやちょう》を取材にした五十枚ばかりの短篇を一つ先ず脱稿した。

芥川の「芋粥」が出た頃で、それを見て技癢《ぎよう》を感じたのだったとおぼえている。何という題であったかその稿は後に「帝国文学」の編輯者に見せてくれた人があったが雑誌は間もなくつぶれるし、自分の原稿は編輯者のところで失われて、自分には戻って来なかった。自分はそう自信のある作でもなかったし、失われたのなら仕方がない位の気持であまり躍起になってさがしてもらいもしなかった。発表されないで失われた自分の唯一の原稿である。「公冶長と燕」という題であったような気がして来た。

○「西班牙犬《スペイン》の家」もその頃「田園」の家で書いたのである。十月の下旬、妻が上京した留守の一日、縁側で日向ぼっこをして庭にいる犬を相手に遊び耽っているうちに浮んだ空想である。三十分ばかりで書き上げたものを、その晩清書し直した。これが出来たのは、「田園」のなかでフェアリーランドの丘と呼んでいる丘の出来事のあった二、三日前後の事であったろう。

○「田園雑記」はほんの五、六項、ノートブックの十枚ばかりしか出来ないでしまったが、それを記している間に「田園の憂鬱」の腹案はすっかり纏《まとま》った。というより、「憂鬱」の腹案が出来上ったので「雑記」の方は書きたくなくなったのであったろう。

○あの村で出来たたった一枚の画は、前年郷里で製作のものと一緒に二科へ出品して出してもらったとおぼえているが、画そのものは「猫と女」というのも「風景」も自分の手元へは戻って来なかった。それは自分がこの村から東京へ引き上げてしまった後へ戻って来て村の運送屋や馬車屋の手などを渡り歩いている間に紛失したらしいのである。「風景」は不出来であったが「猫と女」の方は幾分いいつもりであった。失われたものでは公冶長の原稿より「猫と女」の画の方が自分には惜しい。六号人物の「猫と女」と十二号海景か何かの細長い白っぽい紫のへんな画は後年あるいは見出される機会があるかも知れない。その画のなかにある猫を抱いている方の女が、「田園」のなかに出ている女である。この女も今はどうしているか知らない。別に知りたいとも思わない。幸福で健在せよとは思う。

○既に腹案の出来ている「田園」を第一に話して聞かしたのは弟の秋雄であった。

十六、七位であったろうと思うが、非常に面白がって自分に二、三べんも話させた。「都会の憂鬱」を生活していた頃である。この弟は幾分文学の趣味がある上に自分の田園での生活をも見て知っていたからであろう。一刻も早く是非それを書くことを自分に迫ったのも秋雄である。谷崎には秋雄の次に話した。

○大正のはじめ頃の或る秋ひどい颱風が東京を襲うた事があった。風害視察と称して、当時はまだ一般には珍らしいものになっていた自動車を駆って大森方面に出かけた上山草人と谷崎とに誘われて、その夜かつ飲みかつ語る間に、自分は年来の腹案を二友に語った。二人の友は自分を勇気づけて必ずこれを完成せよと励ましてくれた。谷崎は作は既に完成しているのだから、今言葉であったものをそのまま文字にしさえすればいいのだと言ってくれた。もっともこの年の五月か六月に初稿の「病める薔薇」が雑誌「黒潮」に発表されたので、この夜谷崎に話したのは後に「中外」に発表された部分だけである。

○自分は谷崎の言葉で聊《いささ》か自信を得たので、その年(自分が二十四歳)の冬、帰省(というと文字面はいいが越年の策を兼ねて避寒するようなもの)して、次の上京までには必ずその一作をしようと友に誓いまた自分の心にも期していた。

○帰省して、自分は父の病院の三号室と呼ばれている二階の南向の一室に閉じ籠った。年内に書き上げる気組でいたのに、どうしても感興が起らないので自分でもしまいには少々じれて来た頃たしか二月の中旬にやっと机にかじりつく気持になった。春の季節には東京で友人と遊びたいから、それまでに書き上げて置こうという気であったかも知れない。机にかじりつきはじめると、四、五日目からあぶらがのり出した。書き出しに行きなやむのは自分のその後今にかわらない癖である。それにあの作は初稿の「病める薔薇」がへんな文体で出来ているので、書こうとするとあれを書きつづけるという気になっていけなかった。発表された「病める薔薇」の続稿というものも「黒潮」で不採用になったのが手元に戻って来ていて、その五十枚ほどを書き生かそうという、けちな考えがいけなかったので、それは思い切ってやぶいてしまって全く新しい気持で書きはじめたら書き出せるようになったものである。百五、六十枚あったと思うがちょうど一週間かかったから毎日二十枚ずつ位は出来ていたと見える。八分どおり出来ているところを父に見られてしまった。自分がいつになく熱心に書いているのを喜んだ父が、どんなものが出来ているかという希望と心配とで自分の見せるのも待ち切れないで読んだものと見える。これが少々自分の気に入らなかった。自分は書いている途中で人に見られたり、特に批評をされるのは苦手であった。これは後年次第に直ったが、最初はことにひどかった。そうして今でも幾分その気味が残っている。本当の自信がまだ出来ないのであろう。意気地のない話である。

○自分の書きかけを見た父は喜ばなかった。「田園」の主人公の世紀末的性格が不満であるというのである。自分は二、三日腹《はら》を立てたり悄気《しょげ》たりしたが気を取り直してともかくも完成しようという肚《はら》になった。勢《いきおい》に任せて書いていたのが、今度は努めて書くという風になったのである。こんな事や、せっかく意気組んでいたフェアリイランドの丘のあたりが自分の実際に見、実際に感じた美しさや、驚きの半分にも三分の一にも描けていないのにすっかり失望してもっとうまく纏《まとめ》るつもりでいたのが結末でだれてしまった。それでも読み返してもう一ぺん書き直せばものになるという見込みだけは立ったので破り捨てることだけはやめた。そうして書き直す代りに「李太白」をもう一篇書いた。これは二月の下旬に出来た。当時の自分のつもりでは「李太白」の方がすらすらと出来たような気でいた。

○「田園」を書く時は、努めて濃密な油画の描写のようにという理想があった。そうして幾分象徴的になるといいというつもりもあったかも知れない。というのは主人公の名前をつけるかどうかと考えた時、名前がなくてただ「彼」というだけの方が一青年を現わしていいと思ったりしたことをおぼえている。そうして代名詞の使い方や、形容詞をいくつか重ねて描写に代えることや、名詞を羅列する事だの、関係代名詞のようなもので文章をつなぐ事など、つまり翻訳句調の文章が立体的でいいと思っていたものである。バカな話である。自分の二十五歳の春であった。

○上京して谷崎に先ず「李太白」だけは見てもらった。谷崎は自分に相談しながらところどころ削ったり文句を前後させたり直してくれた。自分は一々なるほどと思った。もう「田園」を見せる気がしなくなってしまった。後で聞けば谷崎は自分が終《つい》に「田園」を書かないで来たと思ったのだという。自分は書く事は書いて出来ているがまだもう一度書き直さなければ見せる気にならないと打ちあけた。谷崎もそれを無理に見せよとも言わなかった。

○そのうちに内藤民治氏のやっていた雑誌「中外」から長いものが出来ているそうだが見せないかという相談を受けた。

○前に書き忘れたが、「田園」を書きに帰省する以前に自分は「中外」の十二月に「或る女の幻想」という短篇を書いていた。これは沖野岩三郎氏から聞いた実話を自分の体に直した創作である。「中外」はその時全盛の生田長江先生などを顧問にして、谷崎、芥川などよその雑誌で大名を成している作家以外の新らしい作家を自分のところから世に送ろうという野心的な意嚮《いこう》が明かに見えていた。雑誌界を顧みて多少今昔の感もあるが、いやが上に年寄染みるから今は言わないとする。

○「中外」は谷崎から聞いたというのである。谷崎は以前話で聞いているから書いて来たとだけ聞いたら見るに及ばぬと思ったからと言ったが、自分は「中外」や谷崎の好意を有難いと思いながらも、読みもしないで推薦した谷崎と、書き改めるだけの余裕を与えないで原稿を直ぐ提出せよという「中外」とを少々忌々《いまいま》しく思った程狼狽《ろうばい》した。それで原稿をもう一度読み返してみて最後の二、三十枚ぐらい(父に読まれてから後に書き足した部分)はやぶき捨てて、原稿を「中外」の記者に渡した。「中外」の記者は特別号でなければ百枚以上のものはのせられない、特別号はこの機を逸したら来年の正月でなければ出ないからというのであった。とつおいつ思案に余った末で、採否は先方に一任することにして、原稿を渡した。しかし渡してしまった後でもまだ不安で仕方がなかった。

○雑誌が出て谷崎が悪くないではないかと言ってくれるまでは自分の不安はつづ

いた。長江先生、花袋氏、つづいて広津君などの批評が現れたので自分はやっと幾分安心した。それでも作品は自分の腹の中にあった時よりは三割方悪くなっているという気持はその後今に変らない。

○「田園」よりも自分では「都会」の方がまだしもいいと「都会」が出来た時にそう思った。自分がそんな事を口外しないうちにこの意見を自分に聞かせたのは滝田樗陰である。滝田は「田園」の事を、オヴァ・エラボレイトという語で難じた。凝りすぎているとかキザとかいうのであろう。後年、正宗白鳥氏が「田園」よりも「都会」を推した。

○「田園」のなかへそのなかの一挿話である「お絹とその兄弟」(これはも早独立した短篇として扱われているが)を適当に挿入し置きたいものである。それが本来の形だから。

○作のよしあしはともかくとして、「田園」は行きづまりの作である。自分は行きづまりを処女作として逆に出て来た妙な作者である。

○前からその考はあったが、これを書きはじめてから急にあの里へ行って二十年前の丘や畑をもう一度見たくなった。今年の秋行って見ようか。それともう二、三年延ばして方哉《まさや》が大きくなったらつれて行って父がその村の住民であった当時の話を聞かせながら栗でも拾うとしようか。その時「田園の追想」でも出来ればいいが。

(『新潮』一九三六年九月)

岩波文庫版あとがき〔旧版〕

　これはわが弱年の散文作品のうち量的に一番まとまったもので、大正四年十二月故郷新宮《しんぐう》市（当時なお町制）の父の家で執筆した。

　その前々年（?）の晩春から晩秋までの半年ほどをそこに居住した神奈川県都筑郡の一寒村（現在は横浜市港北区の一隅《いちぐう》）の生活の回想を記したものである。東洋古来の文学の伝統的主題となったところのものを近代欧洲文学の手法で表現してみたいという試みによって書かれたこの田園雑記、なま若い隠遁者《いんとんしゃ》の手記は僥倖《ぎょうこう》にも文壇の珍重するところとなっていわゆる出世作というものになった。校正を一閲するためにきょうあらためて通読してみて、そのすこぶる幼稚なのに慊焉《けんえん》また赧然《たんぜん》たらざるを得なかったが、また初心の愛すべきものを見ないでもなかった。一方に詩作しまた画筆をも持っていた当時の自分の散文として随所におのずからなその痕跡《こんせき》をとどめているのもなかなかになつかしくはあり、ともかくも精一ぱいの事をしているという点で、わが青春を記念する作品として幸いに世のこれを捨てない限りはみずからもあえてこれを捨てまい。

発表以来三十余年まだ読まれているのはありがたいが、作者を定評で捕えて常にこの一作中に軟禁して外に作品がないかのように言われるのは少しくありがた迷惑である。

昭和二十六年六月上旬

東京にて　佐藤春夫しるす

（岩波文庫『田園の憂鬱』一九五一年七月）

病める薔薇　序

谷崎潤一郎

友人佐藤春夫君の最初の著作集「病める薔薇」が今度天佑社から出版されることは、予に取ってもこの上もない愉快である。予は予の著作が出版されると同様の楽しみを以て、この著が一日も早く書肆の店頭へ出ずることを期待して居る。

佐藤君の芸術の真価に就いては、予は従来幾度か筆に口に賞讃の辞を惜しまなかった。予は予と同君との交際があまり親密であるのを顧慮して、幾分か控え目にして居たのではあるが、それでもなおかつ同君を褒めずには居られなかった。そうして、同君の如き稀なる天分を有する作家が、長く文壇から認められずに居たのを私《ひそ》かに慨《なげ》いて居た一人であった。然《しか》るに、最近に至って漸く同君は中央文壇に活躍する機会を摑み、次いでこの著作集の出版となった。友人としての予の欣《よろこ》びを想像して貰いたい。

本書に収められたる数種の物語のうち、予は何よりも「指紋」を好む。蓋《けだ》し「指紋」は最もよく同君の特色を発揮したものであろう。その憂鬱な一句一句読者の神経へ喰い入って行くような文字の使い方、一つ一つ顫《ふる》えて光って居る細い針線のような描写は、悽愴《せいそう》にして怪奇を極めた幻想と相俟《あいま》って、そぞろに人を阿片喫煙者の悪夢のうちへ迷い込ませる。その他、月夜のように青く、蜘蛛の巣のように微かにおののける情操を以て貫かれた「病める薔薇」と云い、真珠の如く清楚に蜃気楼の如く繊麗な「李太白」と云い、巧緻《こうち》にして軽快なる「西班牙《スペイン》犬の家」と云い、いずれも同君の豊富なる空想と鋭敏なる感覚との産物ならざるはない。

今日の文壇の或る一部――否、むしろ大部分には、空想を描いた物語を一概に「拵え物」として排斥する傾向がある。しかし、古往今来の詩人文学者にして、嘗《かつ》て空想を駆使しなかった者があるだろうか。たとえ自然派の作家であっても、空想力に乏しくして果して真実を表現することが出来るだろうか。もし芸術の領域から空想を除いてしまったら、いかにして芸術が成り立つだろうか。予の考えを以てすれば、空想に生きる者のみが芸術家たり得る資格があるのである。芸術家の空想が、いかに自然を離れて居ようとも、それが作家の頭の中に生きて動いて居る力である限り、空想もまた自然界の現象と同じく真実の一つではないか。空想を真実と化し得てこそ、始めて芸術家としての生きがいがあると云うものである。「病める薔薇」の著者の作物が万一「現実に立脚して居ない」という理由の下に批難を蒙《こうむ》ることがあるとすれば、予は著者に代って以上の如く答えんとする者である。

大正七年九月

（『病める薔薇』天佑社、一九一八年十一月）

注　解

河野龍也

六頁(1)　**私は、…潮であった**　アメリカの詩人、小説家エドガー・アラン・ポー(一八〇九―四九)の詩「ユーラリー」(一八四五年)の冒頭。詩の全体は、美しい花嫁への愛を詠う内容。

九頁(2)　**帰れる放蕩息子**　新約聖書「ルカ伝」十五章。父の財産を持って家出し、放蕩の末に帰った子が、父の無限の愛によって許される話。イエス・キリストが神の慈愛の譬えとして語ったもの。

一〇頁(3)　**空の空…空なり**　旧約聖書「伝道の書」一章二節。智者ソロモン王の言葉に擬す。

一四頁(4)　**藤村の「春」**　島崎藤村(一八七二―一九四三)の自伝的長篇小説。文学や恋愛に目覚めた青年たちの理想と苦悩を描く。『東京朝日新聞』一九〇八年四月七日―八月十九日。同年十月、緑蔭叢書として自費出版。

一九頁(5)　**三径就荒**　田園詩人と呼ばれた陶淵明(東晋末、三六五―四二七)の詩「帰去来辞」の一節。

二一頁(6)　**浅茅が宿**　上田秋成(一七三四―一八〇九)の代表作『雨月物語』巻二の一篇。数年ぶりで帰宅した夫が妻と一夜を過ごすが、翌朝あばら家に妻の墓を見出すという話。

三九頁(7) **一架長条万朵春**　裴説《はいえつ》(晩唐、?—九〇八)の詩「薔薇」の一節。長い薔薇の蔓に花の咲き乱れる春の景色を詠う。

四〇頁(8) **薔薇ならば花開かん**　ドイツの詩人、劇作家、小説家ヨハン・ヴォルフガング・フォン・ゲーテ(一七四九—一八三二)の短詩群「警句風に」より「そのうち何とかなる」の一節。

四一頁(9) **大食国の「薔薇露」**　アラビアで採れた薔薇の香水。「大食」は、唐・宋期の中国で用いられたアラビア人あるいはイスラム教徒への呼称。

四一頁(10) **海外薔薇水中州未得方**　楊万里(南宋、一一二七—一二〇六)の詩「謝送薔薇」の一節。外国産で珍重される薔薇香水は、わが国ではまだ製法が分からない、の意。「換骨香」は同詩中の「已《すで》に桃花骨に換へたれば、何ぞ賈氏の香を須《もち》ゐんや」に基づくか。

四八頁(11) **Y市の師範学校の生徒**　横浜にある神奈川県女子師範学校に通っていた金子美代子(一八九八—一九八四)。夏休みに春夫宅へ英語を習いに来ていた。一九八二年、春夫旧居跡に「田園の憂鬱由縁の地」碑を建立。

四九頁(12) **聖フランシス**　イタリアの聖人・アッシジのフランチェスコ(一一八二—一二二六)。清貧と忍従の思想や小鳥に説教した逸話で知られる。

四九頁(13) **日の下には…無い**　旧約聖書「伝道の書」一章九節。智者ソロモン王の言葉に擬す。

五五頁(14) **松尾桃青**　松尾芭蕉(一六四四—九四)の別号。伝芭蕉作「昼見れば首筋赤き螢哉」の句をふまえる。

五五頁(15)　**人間に生まれる…幸福ではない**　ラフカディオ・ハーン(小泉八雲、一八五〇―一九〇四)の著書『骨董』(一九〇二年)の言葉として、田部隆次が『小泉八雲』(一九一四年四月、早稲田大学出版部)に紹介したものをふまえる。

五八頁(16)　**何ものも無き…持てり**　新約聖書「コリント後書」六章一〇節。パウロの手紙の中の言葉。

五八頁(17)　**鉄道院**　一九〇八年から一九二〇年まで存在した、主に国有鉄道に関する業務を管轄した行政機関の呼称。

六五頁(18)　**ヒポコンデリヤ**　心気症。気病み。北村透谷に、「ヒポコンデリア之《こ》れいかなる病ぞ。……無知之《これ》を病まず、知識あるもの之を病む事多し。人生の恨、この病の一大要素ならずんばあらじ」(「罪と罰(内田不知庵訳)」『女学雑誌』一八九二年十二月十七日)の用例がある。

七三頁(19)　**ツルゲニエフ**　ロシアの作家イワン・セルゲーヴィチ・ツルゲーネフ(一八一八―一八八三)。「煙のような昔」から、作品『煙』(一八六七年)の失恋青年リトヴィノフの述懐を連想している。

七五頁(20)　**お絹**　金子キヌ(一八八〇―?)。春夫はキヌの話を題材に「お絹とその兄弟」(『中央公論』一九一八年十一月)を書いた。

七六頁(21)　**パアミテエション**　順列(Permutation)。「コンビネエション」(組合せ、Combination)と共に数学用語。

九二頁(22)　**フウトライト**　フットライト。脚光。

一二〇頁(23)　**ポオの小話**　ドッペルゲンガー(分身)を扱ったポーの著名な小説に「ウィリアム・ウィルソン」(一八三九年)がある。春夫はこれを題材に探偵小説「指紋」(『中央公論』一九一八年七月)を書いた。

一二六頁(24)　**スピネロオ・スヒネリイ**　スピネッロ・スピネッリ(通称スピネッロ・アレティーノ、一三五〇頃—一四一〇頃)。イタリアの宗教画家。アナトール・フランスの小説「ルシフェル」(『聖女クララの泉』一八九五年所収)に悪魔との対話が登場する。

一二七頁(25)　**エル・グレコ**　本名ドメニコス・テオトコプーロス(一五四一—一六一四)。ギリシア出身。スペインで活躍したマニエリスムの画家。明暗の対比と繊細な指先が印象的な作品に「蠟燭に火を灯す少年」「寓話」がある。

一二八頁(26)　**王禅寺**　神奈川県都筑《つづき》郡柿生《かきお》村(現・川崎市麻生区)の真言宗寺院。一九一六年夏、中里村に滞在中の春夫夫妻は、金子美代子の案内で訪問した。

一三二頁(27)　**青い花**　ドイツの詩人、小説家ノヴァーリス(本名フリードリヒ・フォン・ハルデンベルク、一七七二—一八〇一)の小説『ハインリヒ・フォン・オフターディンゲン』(一八〇二年)による。夢に現れた青い花を求め、青年が各地を遍歴して成長するドイツ浪漫派の代表作。

一三六頁(28)　**訳本のファウスト**　森林太郎(鷗外)によるゲーテ作『ファウスト』(第一部・一八〇

八年)の訳本(一九一三年一月、冨山房)。悪魔メフィストフェレスに魂を売ったファウストの罪と冒険、恋人マルガレーテ(グレートヘン)の愛による死後の救済を描いた詩劇。

一四九頁(29)　**ダンテ**　イタリアの詩人、政治家ダンテ・アリギエーリ(一二六五―一三二一)の詩劇『神曲』(十四世紀初)をふまえる。古代ギリシア詩人のウェルギリウスと共に地獄を遍歴したダンテは、煉獄で恋人ベアトリーチェに再会し天国に至る。人間の霊魂が罪悪から悔悟を経て浄化される過程を描く。

一五二頁(30)　**一茎独秀当庭心**　儲光羲《ちょこうぎ》(盛唐、七〇六頃―七六三)の詩「薔薇」の一節。訓読は初出に拠る。薔薇の茎の一本が際立つように咲き、庭の中心をなしている情景を詠う。

一五二頁(31)　**新花対白日**　謝朓《しゃちょう》(斉、四六四―四九九)の詩「薔薇」の一節。訓読は初出に拠る。新たな花が陽光の下に鮮やかに咲き出した情景を詠う。

一五八頁(32)　**おお、薔薇、汝病めり！**　イギリスの詩人、画家ウィリアム・ブレイク(一七五七―一八二七)の詩「病める薔薇」(『無垢と経験の歌』一七九四年所収)の一節。

解　説

河野龍也

一

一八九二(明治二十五)年四月九日、佐藤春夫は和歌山県東牟婁郡《ひがしむろ》新宮町(現・新宮市)の医師の家に生まれた。紀伊半島の南端近く、熊野川の河口に位置する新宮は、木材の集積港として各地とつながり、人々も進取の気性に富んでいた。

日露戦争後の経済発展が始まり、新宮の町も大いに活気づいた頃、海と山とに囲まれて腕白に育った春夫は、新宮中学で明星派の先輩の影響から文学に親しみ、短歌で頭角を見《あらわ》した。また持ち前の反骨精神で目立つ存在となる。一九〇九(明治四十二)年、与謝野寛(鉄幹)・生田長江・石井柏亭を招いて文学講演会が行われた際、前座として登壇した春夫の即興演説が社会主義の煽動と曲解され、停学処分を受けてしまう。さらに、その直後に起きた学生ストライキでも首謀者と疑われそうになるなど、春夫の中学生活は波乱の連続であった。

一九一〇（明治四十三）年四月、上京。生田長江のもとでニーチェ思想に傾倒し、また堀口大学とともに与謝野寛の新詩社に入門して詩歌の研鑽を積んだ。それは折しも、幸徳秋水ら社会主義者・自由主義者に天皇暗殺の嫌疑がかかり、新宮からも父の友人で町民に慕われた医師の大石誠之助らが無辜《むこ》の罪に問われて拘引された年である。翌年一月、この「大逆事件」で十二名の刑死者が出たとき、春夫は殺された大石を反語的に悼む詩「愚者の死」（『スバル』一九一一年三月）を発表して郷里の事大主義的な反応を批判し、「「日本人脱却論」の序論」（『新小説』一九一一年五月）では「日本人ならざる者は直《ただち》に超人たり得るであろう」（引用は、現代仮名づかいに改めた。以下同）と述べるなど、息苦しい日本社会に激しい怒りをぶつけている。

しかし、権威など歯牙にかけぬ詩作と評論とが話題になると、その才気ゆえに春夫は孤立を余儀なくされていった。そこで一時は画家への転身を図り、石井柏亭の助言を受けて油絵にも没頭した。その腕前は、一九一五（大正四）年の第二回二科会展覧会以降、同会に三年連続で入選作を送り込むほど優れたものだったのである。それまでの間に、慶應義塾は中退。舞台女優の川路歌子（本名・遠藤幸子）と同棲を始め、実家からは二十五歳で仕送りを断つと通告されてしまう。背水の陣で物価の廉《やす》い郊外の土地に籠った。

舞台は神奈川県都筑郡中里村（現・横浜市青葉区）である。最初は市ヶ尾の寺に泊まり、その後、鉄《くろがね》の豪家の隠居所を借りて住んだ。村での生活は一九一六（大正五）年五月末から年末までのわずか七ヶ月ほどしか続かなかった。しかし、この不遇時代を描いた作品によって春夫は一躍時の人になる。それが本作「田園の憂鬱」である。

二

「田園の憂鬱」は大正文学を代表する名作として長年にわたって愛読されてきた。春夫自身の「改作田園の憂鬱の後に」（本書収録）にある通り、この作品は初稿から完成までに二年以上の歳月を要している。冒頭の五節は一九一七（大正六）年六月の『黒潮』誌に掲載された「病める薔薇」の発展形、六節以下は翌一九一八（大正七）年九月の『中外』誌に掲載された「田園の憂鬱」からの発展形である。同年十一月、谷崎潤一郎の「序」を付し、天佑社から出た第一作品集『病める薔薇』に収録される際、両者は統合されて「病める薔薇」となった。その後増補されて二十節になったものが決定版と銘打たれ、一九一九(大正八)年六月、「改作田園の憂鬱」の名で新潮社から刊行された。

文字で描いた映像美の世界とも称すべき「田園の憂鬱」の表現は、近代日本文学が到達した自然描写の一つの極点を示す。ストーリー展開が希薄な反面、場面ごとの情景描写が圧倒的に濃密な点でも、本作は小説の常識を優に超えたところがある。それが当時の読書界にどれほど強烈なインパクトを与えたかは、田山花袋・生田長江・広津和郎・江口渙ら辛口で知られた評者がこぞって絶賛の筆を執ったことでも分かる。例えば花袋は、本作を「細かい複雑した色彩を縦横に駆使したというような作」(「秋海棠」『文章世界』一九一八年十月)と評し、長江は「自然は如何に描くべきものであるか、自然は如何に歌うべきものであるかを、遺憾なく今日の文壇に教えてくれた」と評した(「『田園の憂鬱』其他」『中外』一九一八年十月)。油絵作者であった春夫の鍛え上げた観察眼が、本作の描写を確かなものにしていることは間違いない。

自身の油絵制作について、春夫は面白いことを述べている。「見たまま、感じたままを確実に、出来るだけごまかしのないように描いて居ると一つの絵が出来ます。そこで初めて自分自身でも、成程《なるほど》今描いたものはこうであったと思うのです」(「立体派の待遇を受る一人として」『読売新聞』一九一七年九月十六日)。つまり絵画とは、無意識の目がキャッチした映像をカンヴァスに定着させるものだというのである。その意味で絵画制作とは、自らもあずかり知らぬところで外部と交感している自身の無意識世界を探求する営為と言いかえてもいい。

「田園の憂鬱」のなかにも、カタチに忠実なだけの写実とは異なる過剰な自然描写がある。荒れ果てた庭園に、故人の遺志を破壊する兇暴な自然の意志を認めたり、建物を取り巻く草木に、周囲から押し迫る重量を感じたりしている。本作における無意識の目とは、カタチの背後に流動する生命のエネルギーを感じ取る視点である。その目を使って世界の実相を見る主人公は、人間業をたやすく凌駕《りょうが》する大自然のはつらつとした力に憧れる一方で、その無軌道さに恐れを抱いてもいる。そしてこれを制御しようと格闘する人間的な努力にも共感を惜しまないのである。

主人公の内面的なドラマとして見た「田園の憂鬱」は、自然に対する彼のダイナミックな両面感情を軸として展開していく。そして自然と人工との間に立ち、去就を決めかねている彼の二側面は、廃園で見つけた蟬と薔薇とをめぐるエピソードに見事に象徴化されている。

三

そもそも、彼が囚われている「憂鬱」とはいったい何だろうか。

自分という存在は元来、頼んだ覚えもないのに、気がつけば否応なく自然界にあらしめられていた存在である。だとしても、人はそれぞれに生きる意味を考案し、後づけの理屈で生を肯定しながら生きていくものだ。ところが彼の場合、自分の確実な将来像を思い描けないために、この存在の不条理ということにひどく頭を悩ませている。「人生というものは、果して生きるだけの値《あたい》のあるものであろうか。そうして死というものはまた死ぬだけの値のあるものであろうか」。

蟬を見つけた彼は、さっそくこのニヒリズムにさいなまれる。「自然は一たい、何のつもりでこんなものを造り出すのであろう。いやいや、こんなものと言ってただ蟬ばかりではない、人間を。彼自身を?」あまりにもはかない蟬の命に思いを致すとき、自分の生も何か自然のでたらめな間違いなのではないかという疑念が彼の頭をよぎる。彼にとって、自然の無軌道さを認めるのは最大のタブーであろう。それは自己存在の無意味さを是認することに直結するからだ。

ところが、よく見れば蟬の眼は宝玉のように美しい。「その美しさに就ては、彼自身こそ他の何人《なんぴと》より知っていると思った」と彼はいう。美によって人に感動を与え、美に心震わすひとときを味わえるなら、蟬にも彼にも生まれてきた甲斐は十分にあるではないか。そして美を認識することは、偶然世の中に産み落とされただけの、この無意味で無目的に見える命に意義を与えることにほかならない。「自然そのものには何の法則もないかも知れぬ。けれども少くもそれから、人はそれぞれの法則を、自分の好きなように看取することが出来るのであった」。このように、彼にとって美とは、本来存在の不条理に立ち向かう強力な対抗手段だったはずなのである。

しかし、芸術に関する彼の考え方は窮屈そのものである。例えば、「フェアリイ・ランドの丘」をみよう。憂鬱な秋雨の晴れ間に、彼は縁側から見える遠景の丘陵に親しみを感じ、そこを「おれの住みたい芸術の世界」と呼んでいる。女の脇腹の感じに似た優雅な曲線を持ち、縞瑪瑙《しまめのう》の断面のように千差万別の緑がグラデーションをなしているその丘は、とりわけ彼の家の庭木が作る「額縁」のなかに嵌《は》めて見たとき、ひときわ美しく感じられたという。

「額縁」の中の風景を愛でる場面は、ほかにもあちこちにある。シルクハットの円いふちに薄羽《うすば》蜉蝣《かげろう》がとまっている情景や、青空を円形に切り取った井戸の水面、そして薔薇をひたしたコップのなかの秋景色など。外部の夾雑物を遮断し、精巧な細工物のように無駄なく仕組まれた別天地に、彼は強い憧れを持っていることが分かる。

ここで「フェアリイ・ランドの丘」が、「最も放胆に開展しながらも、発端と大団円とがしっくりと照応できる物語」に喩えられているのを見逃してはならない。完結性のある風景を見て美を感じるだけではなく、そこの住人になりたいとまで言い出す彼は、自分の人生すら芸術的な「物語」として完結させたがっている。「自然は芸術を摸倣する」と述べたのはオスカー・ワイルドだが、主人公の生き方は「生活の芸術化」を目指した唯美主義者のそれに近い。そして廃園で薔薇を見つける場面には、人工性の美学を奉じて生活を劇化しようとする彼のもっとも大胆なダンディズムが表現されているのである。

四

薔薇に寄せる彼の特別な愛情の由来は、次のように説明されている。

薔薇は、彼の深くも愛したものの一つであった。そうして時には「自分の花」とまで呼んだ。何故かというに、この花に就ては一つの忘れ難い、慰めに満ちた詩句を、ゲエテが彼に遺して置いてくれたではないか――「薔薇ならば花開かん」と。……西欧の文字は古来この花の為《た》めに王冠を編んで贈った。支那の詩人もまたあの絵模様のような文字を以てその花の光輝を歌うことを見逃さなかった。……それ等の詩句の言葉は、この花の為めに詩の領国内に、貴金属の鉱脈のような一脈の伝統を――今ではすでに因襲になったほどまでに、鞏固《きょうこ》に形造って居るのである。……彼の芸術的な才分はこんな因襲から生れて、非常に早く目覚めて居た。

（四〇―四一頁）

注意深く読むと、これほど不可解な文章もめずらしい。彼は因襲や伝統と言い、秋成や芭蕉の楽しみ方を知っている割には、この箇所に日本文学を少しも登場させていない。では、何を伝統と呼ぶのかと見れば、それは西洋の詩と、西洋流に見た漢文学ということらしい。しかもそれが才能の根拠なのだという。彼はふだん見慣れた漢字すら「あの絵模様のような文字」などと呼ぶ。彼の文化的な帰属意識には、複雑な屈折が存在している。この感性はいったいどこからやってくるものだろうか。

おそらく彼は、己を制約する固有の文化的土壌に反逆を企てた若者なのではあるまいか。そして、文字や言葉だけでできた「詩の領国」を、魂の故郷にしたいと願う人間なのではないだろうか。彼が後になって体験する幻覚のなかに、「五層楼位の洋館」と「支那料理の店」のある不思議な街が登場する。それは西洋と中国のイメージからなる彼の「詩の領国」と奇妙に似かよっている。人の姿はなく、言葉の気配だけが満ちた街。全く見も知らぬ国を、書物の文字から想像しただけで組立てたような世界。

そんな空想が成り立つ歴史的条件を考えれば、背後に翻訳文学の流行があることは疑い得ない。大正期は、一般青年が自室の書棚に世界の名作文学をずらりと並べられるようになった時代である。ゲーテが自分のために詩を遺してくれた、などという昂揚感は、明治の青年なら想像すらできないものだった。むろん、その感覚が日本語を介して得られたところに皮肉はあるにせよ、彼は翻訳を通じて「世界」を見渡した第一世代の日本人なのである。彼ら「机上の世界市民《コスモポリタン》」は、芸術に触れることで、言語・文化・時代を易々と乗り越えられる精神の自由を手にできたと夢想した。

先の一節は、一見すると彼の芸術的天才を無条件に規定した嫌味な文章にも見える。だが、そこには彼のうぬぼれよりも不敵な抱負を見るべきであろう。翻訳書から取り入れた文字の知識を血肉化し、まだ日本に花咲かぬ新しい芸術を自身の手で育ててみたいという、当時の青年たちの真剣な意気込みがこの一節からは見えてくるのである。そして「世界」へのそのような憧れは、大正の昔から現在に至るまで、この小さな島国に生まれた若者たちの胸に、繰り返し情熱の灯をともし続けてきたものであることは改めて言うまでもない。

五

自分のルーツを「詩の領国」に定めることは、突き詰めれば、郷里を棄て「日本人ならざるもの」へと自分を鍛え直すことである。しかし、そのように強がって見せる彼が、内心郷里と母へのやましさにも苦しめられている事実をここでは指摘しておきたい。

そもそも「子に甘い母」のような自然の癒しと、乳飲み子のような「熟睡の法悦」とを求めて都会を脱出した彼には幼児退行の願望がある。しかし、現実の郷里には彼に成長を強いる父がいるため、彼は仕方なく、縁もゆかりもない土地を母に見立てて甘えにきたわけだ。

ところが、彼が再び不眠症に陥ったとき、記憶の底から召喚されてきたのは、実にまがまがしい母のイメージだったのである。一つは、丹毒の薬で顔を真黒にした「怪物のような母の顔」であり、もう一つは虚言を母に詫びてようやく眠れた記憶である。熟睡が母の褒美なら、不眠は母の罰であろう。彼の現在の不眠症が、心理的には母に関連することが示されている。そして自己存在の起源である母が、闇そのものの姿と化して彼を拒絶するイメージには、言葉の国に遊び、帰るべき本来の場所を棄てようと企てている彼の深層の不安と罪悪感とが形象化されていると見てよい。

だから薔薇に祈りをささげる彼の行動についても、西洋かぶれの鼻もちならないナルシシズムだと突き放す前に、郷里すら棄てて「詩の領国」に迎えられようとする悲壮さと、彼を取り巻く厳しい現実があることを理解しておかなくてはならない。彼は芸術家に憧れて上京したはずだった。しかし、まだ誰にも才能を認めてもらえぬうちに東京に住めなくなったのである。もはや彼はそれほど若くない。親のすねかじりも限界で、夢を追い続けるのもつらいところまで来た。信じてくれる妻はいるが、この先二人の生活をどう維持すればよいのか。いかに彼が迂闊だとしても、そういう現状に不安を感じないはずはないのである。

そこで彼は心から祈るのである。競争社会では生活能力など無に近い自分。それでも、好きな文学の養分だけはたっぷり吸収してきた。この唯一の矜持である知識が肥料になり、自分の才能を開花させてくれたらどんなによいか！　詩人たちのささげる美しい文字を肥やしにして咲く薔薇の花とは、つまりは教養だけが頼りの頭でっかちな彼の象徴であり、教養で芸術的才能を開花させるという、奇跡的な成功への願いがそこに託されているのである。

まだ見ぬ成功に焦り、自分の存在理由を一刻も早く手に入れたいと苦しみもだえるとき、未来や運命に対する切実な関心が誘発されることは、誰の身にも覚えのあることだろう。本作の彼も同じことばかりを繰り返している。ただの酔漢を理不尽な暴君に見立て、なくし物が彼を呼んだからそれを取り戻せたと思い、石油の臭いを嗅げば火事の予告と考え、自分の分身や狂犬の霊を死の前兆のように恐れる。これらの「物語」はもちろん、後から全部彼の思いこみだったことが判明するのである。

現実は偶然の積み重ねであり、彼の思い通りに動くはずもない。夢が破れれば、下手な一人芝居を演じていた気まずさが残るだけだ。それでもなお、彼は物語的な必然性を仮構しつづけなければ気が済まない。彼における「生活の芸術化」は、実際には測りがたい宿命を知ろうとする追いつめられた渇望から出てきたものなのである。

六

「田園の憂鬱」の結末である。久々の秋晴れの日、薔薇は確かに咲いてくれたが、それは皆虫食いだったという。最後まで現実は意地悪く、彼の思い通りになってはくれない。薔薇で将来の成功を占っていた彼は、その姿を見て悪い予感におののく。その時ふいに聞こえはじめて繰り返されるのが「おお、薔薇《そうび》、汝《なんじ》病めり！」の不気味な呼び声だったというのである。

この句はもちろん、「薔薇ならば花開かん」という作品序盤のゲーテの詩の一節と対をなすものである。だが、それがウィリアム・ブレイクの作であることへの言及はなく、作中では「その句は、誰かの詩の句の一句である。それを誰かが本の扉か何かに引用して居たのを、彼は覚えて居たのであろう」とされ、作者名は主人公自身が失念したことになっているのは意味深い。

彼にとって、名詩の教養は先天的な精神的血脈として才能の土台となるものであり、彼自身の心よりも先に世の中に存在していなくてはならないものだったはずだ。だが、ここではそれが後天的な読書体験によって習得されたものだと暴露されている。後天的知識に過ぎない教養が、才能の保証になり得ないことは、恐らく彼自身も最初から知っていて、その現実から必死に目をそむけていたのではないだろうか。

しかもこの言葉は、彼自身が発話しているにもかかわらず、自分の声として聞き取れないほどよそよそしいものである。作者名さえ分れば、その詩人の心を感じるという形で再び悲劇的な自己劇化の材料にもできたはずなのに、ここではそれすらも彼には許されない。彼は一時、「永遠にそうして日常、すべての人たちに用いられるような新らしい言葉のただ一語をでも創造した時、その人はその言葉のなかで永遠に、普遍に生きているのではないか」という一種の言霊思想に鼓舞されたが、結末に繰り返される詩は明らかに魂の伴わない音の羅列にまで解体されている。

かくして彼は、教養が才能の根拠になるとか、詩を通じて過去の詩人と交感するとかいう淡い期待にも縋りつくことができなくなり、この先夢を諦めるか、本当の意味での自身の才能を試みるか、どちらかを選択しなくてはならない正念場に立たされる。

この結末まで読み進めたとき、本作の主人公は多くの読者にとって、身につまされる存在になっているのではないか。芸術家の卵に限らず、一度きりの人生を何かに賭けてみようとする人々は、自分の選択が誤りでないことを確信させてくれる「物語」をほしがる。いま手に入るはずもない未来の予想図を、ここに生きる自分の確かな保証にしたいという焦りは、彼だけのものでは決してない。

夢を仕事にしたいと願う人々の恍惚と不安、そして恐れ。それらを隈なく描き出した「田園の憂鬱」は、これからも青春小説として永遠に読み継がれ、新しい命を保ちつづけていくに違いない。

〔編集附記〕

一 「田園の憂鬱」は、『改作　田園の憂鬱』(新潮社、一九一九年六月)を底本とした。

一 原則として漢字は新字体に、仮名づかいは現代仮名づかいに改めた。

一 漢字語のうち、使用頻度の高い語を一定の枠内で平仮名に改めた。平仮名を漢字に変えることは行わなかった。

一 漢字語に、適宜、振り仮名を付した。

一 本文中に、今日からすると不適切な表現があるが、原文の歴史性を考慮してそのままとした。

(岩波文庫編集部)

田園《でんえん》の憂鬱《ゆううつ》

2022年9月15日　第1刷発行

作　者　佐藤春夫《さとうはるお》

発行者　坂本政謙

発行所　株式会社　岩波書店
〒101-8002 東京都千代田区一ツ橋2-5-5

案内 03-5210-4000　営業部 03-5210-4111
文庫編集部 03-5210-4051
https://www.iwanami.co.jp/

印刷 製本・法令印刷　カバー・精興社

ISBN 978-4-00-310719-5　Printed in Japan

読書子に寄す

――岩波文庫発刊に際して――

岩波茂雄

真理は万人によって求められることを自ら欲し、芸術は万人によって愛されることを自ら望む。かつては民を愚昧ならしめるために学芸が最も狭き堂宇に閉鎖されたことがあった。今や知識と美とを特権階級の独占より奪い返すことはつねに進取的なる民衆の切実なる要求である。岩波文庫はこの要求に応じそれに励まされて生まれた。それは生命ある不朽の書を少数者の書斎と研究室とより解放して街頭にくまなく立たしめ民衆に伍せしめるであろう。近時大量生産予約出版の流行を見る。その広告宣伝の狂態はしばらくおくも、後代にのこすと誇称する全集がその編集に万全の用意をなしたるか。千古の典籍の翻訳企図に敬虔の態度を欠かざりしか。さらに分売を許さず読者を繫縛して数十冊を強うるがごとき、はたしてその揚言する学芸解放のゆえんなりや。吾人は天下の名士の声に和してこれを推挙するに躊躇するものである。このときにあたって、岩波書店は自己の責務のいよいよ重大なるを思い、従来の方針の徹底を期するため、すでに十数年以前より志して来た計画を慎重審議この際断然実行することにした。吾人は範をかのレクラム文庫にとり、古今東西にわたって文芸・哲学・社会科学・自然科学等種類のいかんを問わず、いやしくも万人の必読すべき真に古典的価値ある書をきわめて簡易なる形式において逐次刊行し、あらゆる人間に須要なる生活向上の資料、生活批判の原理を提供せんと欲する。この文庫は予約出版の方法を排したるがゆえに、読者は自己の欲する時に自己の欲する書物を各個に自由に選択することができる。携帯に便にして価格の低きを最主とするがゆえに、外観を顧みざるも内容に至っては厳選最も力を尽くし、従来の岩波出版物の特色をますます発揮せしめようとする。この計画たるや世間の一時の投機的なるものと異なり、永遠の事業として吾人は微力を傾倒し、あらゆる犠牲を忍んで今後永久に継続発展せしめ、もって文庫の使命を遺憾なく果たさしめることを期する。芸術を愛し知識を求むる士の自ら進んでこの挙に参加し、希望と忠言とを寄せられることは吾人の熱望するところである。その性質上経済的には最も困難多きこの事業にあえて当たらんとする吾人の志を諒として、その達成のため世の読書子とのうるわしき共同を期待する。

昭和二年七月

《日本文学(現代)》〔緑〕

怪談 牡丹燈籠	三遊亭円朝
真景累ヶ淵	三遊亭円朝
小説神髄	坪内逍遥
当世書生気質	坪内逍遥
ウィタ・セクスアリス	森鷗外
青年	森鷗外
阿部一族 他二篇	森鷗外
山椒大夫・高瀬舟 他四篇	森鷗外
渋江抽斎	森鷗外
舞姫・うたかたの記 他三篇	森鷗外
鷗外随筆集	千葉俊二編
森鷗外 椋鳥通信 全三冊	池内紀編注
浮雲	二葉亭四迷 十川信介校注
野菊の墓 他四篇	伊藤左千夫
吾輩は猫である	夏目漱石
坊っちゃん	夏目漱石
草枕	夏目漱石
虞美人草	夏目漱石
三四郎	夏目漱石
それから	夏目漱石
門	夏目漱石
彼岸過迄	夏目漱石
漱石文芸論集	磯田光一編
行人	夏目漱石
こころ	夏目漱石
硝子戸の中	夏目漱石
道草	夏目漱石
明暗	夏目漱石
思い出す事など 他七篇	夏目漱石
文学評論 全二冊	夏目漱石
夢十夜 他二篇	夏目漱石
漱石文明論集	三好行雄編
倫敦塔・幻影の盾 他五篇	夏目漱石
漱石日記	平岡敏夫編
漱石書簡集	三好行雄編
漱石俳句集	坪内稔典編
漱石・子規往復書簡集	和田茂樹編
文学論 全二冊	夏目漱石
坑夫	夏目漱石
漱石紀行文集	藤井淑禎編
二百十日・野分	夏目漱石
五重塔	幸田露伴
努力論	幸田露伴
渋沢栄一伝	幸田露伴
子規句集	高浜虚子選
病牀六尺	正岡子規
子規歌集	土屋文明編
墨汁一滴	正岡子規
仰臥漫録	正岡子規
歌よみに与ふる書	正岡子規

獺祭書屋俳話・芭蕉雑談　正岡子規
子規紀行文集　復本一郎編
金色夜叉 全二冊　尾崎紅葉
二人比丘尼色懺悔　尾崎紅葉
不如帰　徳冨蘆花
謀叛論 他六篇 日記　徳冨健次郎 中野好夫編
武蔵野　国木田独歩
愛弟通信　国木田独歩
運命　国木田独歩
蒲団・一兵卒　田山花袋
田舎教師　田山花袋
一兵卒の銃殺　田山花袋
縮図　徳田秋声
あらくれ・新世帯　徳田秋声
藤村詩抄　島崎藤村自選
破戒　島崎藤村
春　島崎藤村

千曲川のスケッチ　島崎藤村
桜の実の熟する時　島崎藤村
新生 全二冊　島崎藤村
夜明け前 全四冊　島崎藤村
藤村文明論集　十川信介編
生ひ立ちの記 他一篇　島崎藤村
にごりえ・たけくらべ　樋口一葉
大つごもり・十三夜 他五篇　樋口一葉
修禅寺物語・正雪の二代目 他四篇　岡本綺堂
高野聖・眉かくしの霊　泉鏡花
歌行燈　泉鏡花
夜叉ケ池・天守物語　泉鏡花
草迷宮　泉鏡花
春昼・春昼後刻　泉鏡花
鏡花短篇集　川村二郎編
日本橋　泉鏡花
外科室・海城発電 他五篇　泉鏡花

湯島詣 他一篇　泉鏡花
鏡花随筆集　吉田昌志編
化鳥・三尺角 他六篇　泉鏡花
鏡花紀行文集　田中励儀編
俳句はかく解しかく味う　高浜虚子
回想 子規・漱石　高浜虚子
有明詩抄　蒲原有明
上田敏全訳詩集　山内義雄 矢野峰人編
宣言　有島武郎
一房の葡萄 他四篇　有島武郎
寺田寅彦随筆集 全五冊　小宮豊隆編
柿の種　寺田寅彦
与謝野晶子歌集　与謝野晶子自選
与謝野晶子評論集　鹿野政直 香内信子編
私の生い立ち　与謝野晶子
入江のほとり 他一篇　正宗白鳥
つゆのあとさき　永井荷風

濹東綺譚	永井荷風
荷風随筆集 全二冊	野口冨士男編
摘録 断腸亭日乗 全二冊	永井荷風 磯田光一編
すみだ川・新橋夜話 他一篇	永井荷風
あめりか物語	永井荷風
下谷叢話	永井荷風
ふらんす物語	永井荷風
浮沈・踊子 他三篇	永井荷風
花火・来訪者 他十一篇	永井荷風
問はずがたり・吾妻橋 他十六篇	永井荷風
斎藤茂吉歌集	山口茂吉 柴生田稔 佐藤佐太郎編
千鳥 他四篇	鈴木三重吉
鈴木三重吉童話集	勝尾金弥編
小僧の神様 他十篇	志賀直哉
万暦赤絵 他二十二篇	志賀直哉
暗夜行路 全二冊	志賀直哉
志賀直哉随筆集	高橋英夫編

高村光太郎詩集	高村光太郎
北原白秋歌集	高野公彦編
北原白秋詩集 全二冊	安藤元雄編
フレップ・トリップ	北原白秋
野上弥生子随筆集	竹西寛子編
野上弥生子短篇集	加賀乙彦編
お目出たき人・世間知らず	武者小路実篤
友情	武者小路実篤
釈迦	武者小路実篤
銀の匙	中勘助
鳥の物語	中勘助
若山牧水歌集	伊藤一彦編
新編 みなかみ紀行	若山牧水 池内紀編
新編 啄木歌集	久保田正文編
吉野葛・蘆刈	谷崎潤一郎
卍（まんじ）	谷崎潤一郎
幼少時代	谷崎潤一郎

谷崎潤一郎随筆集	篠田一士編
多情仏心 全二冊	里見弴
道元禅師の話	里見弴
今年竹 全二冊	里見弴
萩原朔太郎詩集	三好達治選
郷愁の詩人 与謝蕪村	萩原朔太郎
猫町 他十七篇	萩原朔太郎 清岡卓行編
恩讐の彼方に・忠直卿行状記 他八篇	菊池寛
父帰る・藤十郎の恋 菊池寛戯曲集	石割透編
河明り 老妓抄 他一篇	岡本かの子
春泥・花冷え	久保田万太郎
大寺学校 ゆく年	久保田万太郎
久保田万太郎俳句集	恩田侑布子編
室生犀星詩集	室生犀星自選
犀星王朝小品集	室生犀星
随筆 女ひと	室生犀星
出家とその弟子	倉田百三

羅生門・鼻・芋粥・偸盗	芥川竜之介
地獄変・邪宗門・好色・藪の中 他七篇	芥川竜之介
河童 他二篇	芥川竜之介
歯車 他二篇	芥川竜之介
蜘蛛の糸・杜子春・トロッコ 他十七篇	芥川竜之介
侏儒の言葉・文芸的な、余りに文芸的な	芥川竜之介
芥川竜之介俳句集	加藤郁乎編
芥川竜之介随筆集	石割透編
蜜柑・尾生の信 他十八篇	芥川竜之介
年末の一日・浅草公園 他十七篇	芥川竜之介
芥川竜之介紀行文集	山田俊治編
美しき町・西班牙犬の家 他六篇	佐藤春夫 池内紀編
海に生くる人々	葉山嘉樹
葉山嘉樹短篇集	道簱泰三編
日輪・春は馬車に乗って 他八篇	横光利一
宮沢賢治詩集	谷川徹三編
童話集 風の又三郎 他十八篇	宮沢賢治 谷川徹三編

童話集 銀河鉄道の夜 他十四篇	宮沢賢治 谷川徹三編
山椒魚・遙拝隊長 他七篇	井伏鱒二
井伏鱒二全詩集	井伏鱒二
太陽のない街	徳永直
黒島伝治作品集	紅野謙介編
伊豆の踊子・温泉宿 他四篇	川端康成
雪国	川端康成
山の音	川端康成
川端康成随筆集	川西政明編
三好達治詩集	桑原武夫 大槻鉄男選
詩を読む人のために	三好達治
中野重治詩集	中野重治
夏目漱石 全二冊	小宮豊隆
社会百面相 全二冊	内田魯庵
新編 思い出す人々	内田魯庵 紅野敏郎編
檸檬《レモン》・冬の日 他九篇	梶井基次郎
蟹工船 一九二八・三・一五	小林多喜二

富嶽百景・走れメロス 他八篇	太宰治
斜陽 他一篇	太宰治
人間失格・グッド・バイ 他一篇	太宰治
お伽草紙・新釈諸国噺	太宰治
真空地帯	野間宏
日本唱歌集	堀内敬三 井上武士編
日本童謡集	与田準一編
森鷗外	石川淳
至福千年	石川淳
近代日本人の発想の諸形式 他四篇	伊藤整
小説の認識	伊藤整
中原中也詩集	大岡昇平編
ランボオ詩集	中原中也訳
小熊秀雄詩集	岩田宏編
夕鶴 彦市ばなし 他二篇 —木下順二戯曲選II	木下順二
元禄忠臣蔵 全二冊	真山青果
随筆滝沢馬琴	真山青果

- 旧聞日本橋　長谷川時雨
- 新編 近代美人伝 全二冊　長谷川時雨　杉本苑子編
- みそっかす　幸田文
- 古句を観る　柴田宵曲
- 俳諧随筆 蕉門の人々　柴田宵曲
- 新編 俳諧博物誌　柴田宵曲　小出昌洋編
- 随筆集 団扇の画　柴田宵曲　小出昌洋編
- 子規居士の周囲　柴田宵曲
- 小説集 夏の花　原民喜
- 原民喜全詩集
- いちご姫・蝴蝶 他二篇　山田美妙　十川信介校訂
- 貝殻追放抄　水上滝太郎
- 銀座復興 他三篇　水上滝太郎
- 魔風恋風 全二冊　小杉天外
- 柳橋新誌　成島柳北　塩田良平校訂
- 幕末維新パリ見聞記 成島柳北「航西日乗」・栗本鋤雲「暁窓追録」　井田進也校注
- 立原道造詩集　杉浦明平編

- 野火／ハムレット日記　大岡昇平
- 中谷宇吉郎随筆集　樋口敬二編
- 雪　中谷宇吉郎
- 冥途・旅順入城式　内田百閒
- 東京日記 他六篇　内田百閒
- 西脇順三郎詩集　那珂太郎編
- 金子光晴詩集　清岡卓行編
- 大手拓次詩集　原子朗編
- 評論集 滅亡について 他三十篇　武田泰淳　川西政明編
- 山岳紀行文集 日本アルプス　小島烏水　近藤信行編
- 雪中梅　末広鉄腸　小林智賀平校訂
- 宮柊二歌集　宮英子　高野公彦編
- 新編 東京繁昌記　木村荘八　尾崎秀樹編
- 新編 山と渓谷　田部重治　近藤信行編
- 日本児童文学名作集 全二冊　桑原三郎　千葉俊二編
- 山月記・李陵 他九篇　中島敦
- 眼中の人　小島政二郎

- 新選 山のパンセ　串田孫一自選
- 小川未明童話集　桑原三郎編
- 新美南吉童話集　千葉俊二編
- 岸田劉生随筆集　酒井忠康編
- 摘録 劉生日記　岸田劉生　酒井忠康編
- 量子力学と私　朝永振一郎　江沢洋編
- 書物　森銑三　柴田宵曲
- 自註鹿鳴集　会津八一
- 窪田空穂随筆集　大岡信編
- 窪田空穂歌集　大岡信編
- 暢気眼鏡・虫のいろいろ 他十三篇　尾崎一雄　高橋英夫編
- 奴隷 —小説・女工哀史1　細井和喜蔵
- 工場 —小説・女工哀史2　細井和喜蔵
- 森鷗外の系族　小金井喜美子
- 木下利玄全歌集　五島茂編
- 新編 学問の曲り角　河野与一　原二郎編
- 林芙美子紀行集 下駄で歩いた巴里　立松和平編

放浪記	林芙美子
山の旅 全二冊	近藤信行編
酒道楽	村井弦斎
文楽の研究 全二冊	三宅周太郎
五足の靴	五人づれ
尾崎放哉句集	池内紀編
リルケ詩抄	茅野蕭々訳
ぷえるとりこ日記	有吉佐和子
江戸川乱歩短篇集	千葉俊二編
怪人二十面相・青銅の魔人	江戸川乱歩
少年探偵団・超人ニコラ	江戸川乱歩
江戸川乱歩作品集 全三冊	浜田雄介編
堕落論・日本文化私観 他二十二篇	坂口安吾
桜の森の満開の下・白痴 他十二篇	坂口安吾
風と光と二十の私と・いずこへ 他十六篇	坂口安吾
久生十蘭短篇選	川崎賢子編
墓地展望亭・ハムレット 他六篇	久生十蘭

六白金星・可能性の文学 他十一篇	織田作之助
夫婦善哉 正続 他十二篇	織田作之助
わが町・青春の逆説	織田作之助
歌の話・歌の円寂する時 他一篇	折口信夫
死者の書・口ぶえ	折口信夫
折口信夫古典詩歌論集	藤井貞和編
山川登美子歌集	今野寿美編
汗血千里の駒 坂本龍馬君之伝	坂崎紫瀾 林原純生校注
日本近代短篇小説選 全六冊	紅野敏郎・紅野謙介・千葉俊二・宗像和重・山田俊治編
自選 谷川俊太郎詩集	
訳詩集 白孔雀	西條八十訳
茨木のり子詩集	谷川俊太郎選
第七官界彷徨・琉璃玉の耳輪 他四篇	尾崎翠
大江健三郎自選短篇	
M/Tと森のフシギの物語	大江健三郎
キルプの軍団	大江健三郎
辻征夫詩集	谷川俊太郎編

石垣りん詩集	伊藤比呂美編
漱石追想	十川信介編
芥川追想	石割透編
荷風追想	多田蔵人編
自選 大岡信詩集	
うたげと孤心	大岡信
日本の詩歌 その骨組みと素肌	大岡信
詩人・菅原道真 —うつしの美学	大岡信
日本近代随筆選 全三冊	千葉俊二・長谷川郁夫・宗像和重編
尾崎士郎短篇集	紅野謙介編
山之口貘詩集	高良勉編
原爆詩集	峠三吉
竹久夢二詩画集	石川桂子編
まど・みちお詩集	谷川俊太郎編
山頭火俳句集	夏石番矢編
二十四の瞳	壺井栄
幕末の江戸風俗	塚原渋柿園 菊池眞一編

岩波文庫の最新刊

須藤 靖編
20世紀科学論文集
現代宇宙論の誕生

宇宙膨張の発見、ビッグバンモデルの提唱など、現代宇宙論の基礎をなす発見と理論が初めて発表された古典的論文を収録する。
〔青九五一-一〕 **定価八五八円**

カレル・チャペック作/阿部賢一訳
マクロプロスの処方箋

百年前から続く遺産相続訴訟の判決の日。美貌の歌手マルティの謎めいた証言から、ついに露わになる「不老不死」の処方箋とは? 現代的な問いに満ちた名作戯曲。
〔赤七七四-四〕 **定価六六〇円**

カール・シュミット著/権左武志訳
政治的なものの概念

政治的なものの本質を「味方と敵の区別」に見出したカール・シュミットの代表作。一九三二年版と三三年版を全訳したうえで、各版の変化をたどる決定版。
〔白三〇-二〕 **定価九二四円**

太宰 治作
右大臣実朝 他一篇

悲劇的な最期を遂げた、歌人にして為政者・源実朝の生涯を歴史文献『吾妻鏡』と幽美な文を交錯させた歴史小説。(解説=安藤宏)
〔緑九〇-七〕 **定価七七〇円**

今月の重版再開

金 素雲訳編
朝鮮童謡選
定価七九二円
〔赤七〇-一〕

金田一京助採集並ニ訳
アイヌ叙事詩 **ユーカラ**
定価一〇一二円
〔赤八一-一〕

定価は消費税 10% 込です　　2022. 8